中國古典文學基本叢書

查慎行詩文集

第五册

〔清〕查慎行 著
范道濟 輯校

中華書局

本册目録

敬業堂詩集卷四十

長告集

敬業堂詩集卷四十一

待放集

敬業堂詩集卷四十二

計日集

敬業堂詩集卷四十四

步陳集

敬業堂詩集卷四十五

吾過集

敬業堂詩集卷四十六

夏課集

敬業堂詩集卷三十九

棗東集起庚寅八月，盡辛卯十二月。

庚寅秋閏，大兒婦攜諸孫將至，槐簃湫隘不能容，乃遷居魏染衚衕。西鄰棗樹一本，已纍纍垂實矣。余下榻於東偏，故名「棗東書屋」。

移寓棗東書屋

一卷新編百首詩，老夫昨日別槐簃。兒童上樹烏烏樂，正是鄰墻棗熟時。

同劉若千前輩汪紫滄錢亮功兩同年登密雲縣鐘鼓樓

三面巍峨一面平，亂峯如玦吐孤城。望中禾黍開畿甸，掌上風雲接帝京。出塞雙鵰盤遠勢，入關萬馬壯秋聲。夕陽樓下枯荄裏，半截殘碑紀用兵。

重陽密雲道中

過盡車聲十里岡，牛欄山外作重陽。黄花小店豐年酒，紅樹遥村昨夜霜。短鬢愁侵新節序，浮生知閲幾炎凉。西風吹落參軍帽，不是年時入塞裝。是日，上自口外回鑾。

樓敬思送菊

老去逢秋愛晚香，故人與致滿車黄。憐渠亦在風塵際，置我居然籬落旁。折免小鬟偷插鬢，來如佳客快登堂。曾分一斗泉邊釀，準備花時洗盞嘗。菊花易酒，北釀之佳者，夏初蒙院長見餉，尚未開罎也。

戲題吴寶崖杖頭貫酒圖小照

新豐酒價逐年增，笑爾粗豪老尚能。一醉逕須傾五斗，百錢纔可博三升。

自題淳熙修内司官帖後

《淳化》祖帖絶難得，南渡摹勒傳《淳熙》。其詳載在《輟耕録》，官本舊推修内司。臨江太媚絳潭瘦，字體特取豐而肥。宋汪逵《閣帖辨記》云：「其字精明而豐腴，比諸刻爲肥。」曾經翻刻凡幾手，亥豕帝虎辨者誰？形模粗具木偶爾，神理了不關須眉。近來此本亦不易，世代漸遠宋拓稀。大觀之後此其亞，僅與閣帖争毫釐。有如虞夏祖顓頊，要是嫡派非横枝。昨從廟中見且駭〔一〕，尤物乃落駔儈兒。裝褫仍用毬路錦，十卷首尾完無虧。叩之高索錢五萬，而我囊乏三錢錐。少需便恐被豪奪，一計猛出居巢奇。烏驢充貨價相直，快挾墨寶徒行歸。入門爨婦告米罄，一笑那顧朝來饑。明窗小几風日亮，塵垢不敢侵吾帷。古香透紙辟蟫蠹，元氣入骨騰蛟螭。熊熊異光黑點漆，滑滑膩理膚凝脂。試臨只愁鬼掣腕，旁睨幸免食朵頤。嗟嗟世俗慣傳誤，目所未覩公謾欺。曹家《譜系》《格古論》，歲月舛繆餘可知。曹士冕《法帖譜系》云：「淳熙十二年乙巳二月十五日，樵勒上石。」曹昭《格古要論》云：「淳熙二年乙巳歲二月十五日，修内司模刻上石。」按，今拓本乃十二年乙巳九月十一日，當以拓本爲正。偶憑一端爲駁證，食古以耳皆如斯。

〔一〕「中」，《原稿》作「市」。

題蔣樹存繡谷圖爲王石谷所畫

憶初訪君尋繡谷，沿緣棹轉閶門曲。桃花深隖數千家，三徑依然蔣生獨。到門先看八分字，爪甲如龍陷蒼玉。恰當首夏候清和，一色園林雨新沐。滿堂狂客歡譁集，詩酒衝筵事徵逐。曾蒙分韻强留題，不怪歸舟避糟麴。别來塵土换顔狀，霜雪盈頭沾寸禄。我方寓直鄰浴堂，君亦辭家赴書局。寒窗瑣細註蟲魚，十指排籤管鋒秃。此時忽漫披横卷，快若重遊爽心目。奉常筆法付宫端，分派同時一嘗熟。精研往往到毫末，縱逸寧容拘尺幅。雲頭解駁天光開，地脉盤旋風氣蓄。奇峯翠蹙鼉山石，高幄濃張洞庭木。莎痕苔迹斷復連，寬處編籬還補屋。漸深漸入窅無際，中有千竿萬竿竹。野老時拖拄杖來，幽人自展遺書讀。城端殘照紅將斂，遠勢投林鴉伴宿。惜哉此景落東南，欲往從之輿説輹。畫圖非畫乃真境，試問歸期何日卜。樱鞋桐帽吾豈無，準擬相隨友麋鹿。

題顧天山南原讀書圖

吴中多世家，君豈瑛後人。抱奇乃日富，所得在一貧。冰叟昔愛士，門墻分彌親。我自識君來，今幾三十春。姓名達館閣，蹤跡仍風塵。磊落見高才，激昂露天真。深惟讀書力，頤此遠俗神。精理入毫鋩，古言闢菑榛。兀然三尺几，上與萬古鄰。糟醨殊少味，願君飲其醇。

再爲樹存題王麓臺宫詹所畫蘇齋圖

元四家法傳渺茫，華亭一老誰頡頏。我昨題詩訣石谷，派裔近遡婁東王。朝來復見宫相筆，令我展卷喜欲狂。君家繡谷中，舊有交翠堂，蘇齋想在交翠旁。不知結搆幾時改，但覺城西竹樹轉盼生輝光。一丘與一壑，一重復一掩。似淺而愈深，爲奇豈關險。興酣揮灑如化工，岩巒出没初無窮。能將萬里勢，移入園亭中。主人好事客不同，三徑非復求羊蹤。招邀笠屐作晤對，尚友直到眉山翁。樹存得東坡笠屐小像，因築此齋，屬麓臺圖之。翁之來兮萬木風，嶺海一氣遥相通。當時買田陽羡歸未遂，六百年後畫像乃落江之東。麓臺麓臺真老手，筆落神來洵非偶。紀聞異日傳中吴，繡谷名與蘇齋俱，此圖此像他家無。

送張志尹前輩視學江南

雙江西南來，銅崖起何陡。中流作砥柱，萬馬盡回首。先生生其間，名望燦星斗。決科上甲乙，掇第聯子丑。詞館服虚衷，同官半師友。讀書事默識，呐呐不出口。洪鐘扣則鳴，傾倒靡不有。高明本乎質，器局隨所受。公實狷者流，貌和中有守。平生取與分，纖芥真不苟。天子稔公賢，臨軒簡端右。量材今始用，注意蓋已久。江南往持衡，緬維人文藪。

銀臺門下士，君鄉試出西崖先生之門〔一〕。根柢視出手。時會適使然，前車鑒諸後。自從風教薄，士習競趨走。腦鹽争一門，日中有豐蔀。情先絶請託，物自呈妍醜。或虞節制尊，文柄操賢否。因之敵以下，鬱鬱徒抱負。坦懷吾無蹊，納約彼自牖。方當前造膝，胡慮旁掣肘。率非公所難，時論何足剖。古來不朽業，要以精力取。旌旆行出郊，祖道缺卮酒。片言聊贈别，敬起爲公壽。道在履初爻，素往義无咎。

〔一〕「君」，《原稿》作「公」。

杜大宗名維翰與余同舉順天鄉試三上春官不第而歿家素貧乏寡妻稚子煢煢相倚十餘年矣今秋周桐埜視學畿輔拔其遺孤若馨入泮馨貧未能娶因以族兄之女妻之作詩以紀兼示杜郎〔一〕

牧之京兆曾同舉，稍長鄭渠兄事余。回首神傷三黜後，過車腹痛十年餘。獨留病婦持家教，能使孤兒讀父書。今日兩家羊酒賀，老槐猶認舊門閭。

〔一〕「紀」，《原稿》作「紀其事」。

陳乾齋前輩以院長兼領教習作述懷詩四章示館中諸君諷詠循環贊歎不足輒次原韻奉簡

其一

重然藜杖照傳經，光透文星是歲星。鈴索自諳清氣味，畫圖人識舊儀型。用白樂天畫像集賢故事。波涵鯨海千層碧，地拔鼇峰一朵青。此日門墻稱最盛，春風桃李屬頭廳。唐時翰林承旨所居名「頭廳」。

其二

北扉清切接延英，一片皋比寄不輕。半載岩廊虛左席，六年林壑仰高情。谷中吹律春長煖，句裏探珠夜自明。豈獨殊才歸領院，雅輪當代荷扶檠。

其三

鸞凰多出上林枝，劉井柯亭有去思。公望久推師表地，人才况值聖明時。來聽長樂鐘聲度，起視花磚日影移。法醞錦袍冬拜賜，太平故事在蓬池。

其　四

經名《千佛》籍羣仙，總藉文章與作緣。冰署頭銜差耐冷，玉成國器賴攻堅。鑾坡地重官宜攝，驥路風清駕獨先。四首新詩代條教，玉堂氣氣一時還。

郊祀喜晴恭紀

齋宫肅穆五雲端，大祀躬親不遣官。閣道風清千步輦，慶霄日麗九層壇。陽和徧宇冬回律，爟火升中曉辟寒。天並君王同霽色，萬年歌頌溢鵷鸞。

周策銘前輩雪後入直武英疊院長四首韻見投感舊抒懷情詞斐亹再次韻奉酬四首

其　一

酒邊劘壘記曾經，白戰詩成擬聚星。甲戌冬，新城先生座上徵雪事分題。自入道山稱後輩，每從延閣想前型。重來客鬢痕添白，相對朝衫色總青。劇喜歲寒同寓直，不煩巡到第三廳。李濤《乞酒詩》：「惱亂玉堂將欲徧，依稀巡到第三廳。」

其　二

人物他時數武英，轉頭存殁感非輕。傷松坪、安公、山堂三前輩及同年朱字緑也。申歸寅入餘書課，火冷香消付宦情。粉蝕瓜牛粘壁燥，氣吹野馬瞰窗明。天公未放勞筋息，斡合弓膠且受檠。

其　三

鳳條安穩舊栖枝，出入頻深望闕思。地異終南非捷徑，羣空冀北已多時。宣毫在握才逾富，江硯隨身榻未移。十四年來翔步地，後先鱗羽太差池。此首叙先生重赴教習廳事。

其　四

縞衣昨夜舞羣仙，冷淡閒坊醉少緣。至日我偏愁晷短，履霜誰與警冰堅。寒寧易就桑榆暖，駑豈能争躞蹀先。何法商量了官事，便隨二老賦言還。時座主相國陳公、宗伯許公相繼引年，予告命下。

嘉定譚生名在欽取之列而外來無咨送之文不獲赴書局辦事留余寓兩年將歸口占送之

知爾不能薦，世情良可歎。往年曾獻賦，同輩盡彈冠。近奉上諭：「各館纂書人員，俱加恩議叙。」歲晚獨行急，家貧久客難。向南冰雪少，莫慮布衣寒。

奉送座主大宗伯許公予告歸里五十韻

六卿予告吾鄉少，此舉公今冠海寧。秩領春官大宗伯，光分南極老人星。傳家忠孝遥承緒，得路煙霄早發硎。瞻斗地崇依象魏，摶扶力厚起鵬溟。東流赴壑隨川后，西掌開山比巨靈。質抱圭璋争就琢，文融金錫儼流型。《淮南子》：「金錫不消釋，則不流型。」紫淵欲涉迷津筏，翠嶽難攀歎絶陘。鶴禁向曾推舊學，龍門誰不企高扃。容臺洊歷非通職，宰相他時待掃廳。吐納心虚惟愛士，交遊道廣總忘形。絳紗夜捲談經帳，雲母朝排隔坐屏。獨以潔身嚴漏室，每持清議荅明廷。苞苴不入門如水，進退何慚户亦銘。正使含沙潛鬼蜮，未妨擲瓦試清泠。色寧可改緇加素，濁豈能侵渭别涇。氣盛或滋曹耦忌，言高偏徹九重聽。引年自據尚書禮，唐孔戣以禮部尚書據《禮》引年，韓愈上疏留之，事見《唐書》本傳。歷宦還符退傅齡。白樂天詩：「官歷二十政，宦遊三十秋。」公自壬戌登朝，至辛卯恰三十年矣。鶚立雲端原矯矯，鴻飛天外又冥冥。頻聞入市蠅傳赦，爲報歸期鵲喜聆。率土三辰光禹服，泰階五紀慶堯蓂。行抛手板牙雙笏，笑解腰圍帶萬釘。海外投竿連巨犗，人間巢睫任焦螟。宫聲緩應車前鐸，塔語欣聞岸上鈴。無跡可求羚挂角，忘機相對鶴梳翎。行時楊柳風迎袖，到日桃花浪泊汀。羅雀門情甘寂莫，烹鱸餘味取鮮腥。主張泉石精神爽，拂拭雰埃眼界青。泮水西來開第宅，六峰幽處置林亭。碶石、梅會之交，大小山凡六，竹垞曾以名閣。舊栽松菊重移徑，新茁芝蘭漸滿庭。兒是象賢齊謝鳳，孫皆夙慧辨終鼷。昂藏駒目人千里，珍重巾箱世一經。鄰有古風連樀梠，巷無俗客駐箳篁。許評字字榮華衮，顔誥家家奉典刑。物外衣冠全灑落，社中耆宿半凋零。平生誼最敦花蕚，老去情尤感鶺鴒。徧逮九宗多卹睦，近賙三眷少伶仃。官貧并乏元紘馬，業富猶餘武子螢。何處追遊攜几杖，偶然乘興出郊坰。静敲深院棋枰響，醉問名園櫓窡停。笛簟微颸凉過竹，吟窗晴旭煖穿欞。爐香馞馞分茶灶，樹影離離上碓桯。童戴笠簦清入畫，僕充耘耔健添丁。先生樂事行如櫛，小子浮蹤寄若萍。局蹐伏轅踰弱歲，衰遲起蟄及春霆。久知世路殊難騁，屢夢田廬奈未醒。心賞隨時勤造請，耳提即事發聾瞑。飲醇特許沾觴瀝，饋食無由進土鉶。祖道逡巡思效駕，守官怊悵類拘囹。昌黎詩：「守官類拘囹。」白家池上尋芳屐，戴氏溪邊泛雪舲。華髮門生歸有約，相期壽考頌椒馨。

十二月十七日出阜成門重過苑西舊寓是日立春夜飲蔣西君同年筏喻齋

多時不踏郊西路，寓舍重來尚有鄰。霜葉滿庭槐失蔭，雪芽穿土薺先春。孤踪易著棲遲客，一宿猶煩洒掃人。博得樽前開口笑，白頭旛勝兩回新。

謁座主相國澤州公於邸第見示予告後新詩恭上二章

其一

上章今始遂初衣，五十餘年願不違。老鶴林端排霧出，高雲天上作霖歸。别開仙境爲詩境，便息塵機入道機。若論龍門原峻絶，不因罷相客方稀。

其二

八載追隨在禁林，奉公清誨識公心。重編潁上《歸田》集，不比伊川《擊壤》吟。流水一彈真絶調，朱絃三歎有遺音。管窺蠡測終難盡，領味從人自淺深。

沈岱瞻同年餉寶坻銀魚

濕薪爆竹歲將殘，宦況聊同苜蓿盤。三寸玉分良友餉，一條冰合腐儒餐。別中加飯開魚素，飽後投床夢釣竿。無物報君還自笑，近來詩語帶梅酸。東坡詩「往往亦帶梅公酸」，謂聖俞也。

除夕與吴少融程蒿亭湯納時陸宫翎朱以静湯公望家韜史小飲分韻得懷字

藥爐新減兒曹病，時兒建病初起。酒盞重開老子懷。萬事過頭成舊曆，一官嘗我似清齋。好吟畢竟爲情累，懶性殊難與俗諧。倚賴諸君相煖熱，隔鄰分火爇麻藍。除夕焚麻稭，京師風俗也。

辛卯人日赴座主澤州相國之召席間公首倡七言律詩恭次原韻

重開東閣撰良辰，喜入新年倍爽神。句挾煙霞非俗韻，坐談風月許門人。黄封例賜承恩舊，白社閒居致政新。自此清遊好排日，從公賞徧洛陽春。東坡詩：「華顛賞徧洛陽春。」

送同年徐師魯出宰安陽二首

其　一

掉臂飛騰籍，甘心本分官。八年需次及，千里計程寬。邑以名都劇，人言簿領難。誰知游刃意，只作小鮮看。

其　二

門風卿相後，棣蕚盡龍媒。東海承儒術，中原展吏才。清流泉百汊，古跡鄴三臺。片瓦今難致，煩君訪硯材。

得石軒歌爲汪千波兄弟賦

行人學士兩詩伯，兼抱元章好奇癖。近因得石起軒名，復以長篇詩示客。軒西舊是金張第，臺榭居停凡幾易。丈人閱世如老仙，土蝕塵埋久遭厄。時乎顯晦豈天意，不遇閒官誰愛惜。偶憑鄰叟指墻隅，試劚青苔開地脉。雲根下插三十年，虹氣高騰二千尺。聞雷隱隱動牙角，出坎掀掀呈尾脊。直疑井底養成龍，不信飛來化爲石。君家院宇頗清曠，添設闌干補籬栅。長藤接葉樹交陰，特欠懸崕剖蒼壁。移山之力十夫耳，四片湖黿一朝獲。

清泉浄洗見真形，衆竅玲瓏受搜驀。東西南北隨所置，未覺中庭異寬窄。花能含笑鳥能歌，總向吟窗助摇襞。醉眠大可當高枕，雜座尤宜羅廣席。吁嗟兮人情賣菜争求益，叠巘層巒事堆積。周旋孰與一拳多，乃至以身爲物役。石然吾言應點首，好共先生數晨夕。試問開歸京兆亭，劉原父事，見《長安志》〔一〕。何如品入奇章宅。見白樂天《太湖石記》中。

〔一〕「長安志」，《原稿》作「東坡詩」。

南海子四首

其　一

萬株楊柳密藏鴉，苑户如農不種花。四百餘年飛放泊，至今樵牧屬官家。

其　二

纔過春分未禁煙，畫橋冰釋溜涓涓。清流愛照垂鞭影，不賺人間飲馬泉。

其　三

文囿如山百物馴，黄羊躍躍鹿甡甡。生來便入鷄豚隊，卧草眠沙不避人。

其　四

紅門草長少飛埃，萬頃平疇掌上開。一道修眉濃似畫，近南遥識晾鷹臺。

重經朱大司空花莊有感二首

其　一

載酒看花不計巡，履綦陳跡愴城闉。舊遊屈指誰還在，我是當時末座人。

其　二

蕭蕭宰木拱梧丘，二十餘年奠醊休。見説郎君頭雪白，一官渾似謫江州。公子敬如出守九江，已二十二年矣。

廖若村同年屬題椿萱圖

莊子紀大椿，八千爲春秋。風人樹諼草，北堂取忘憂。物類致不齊，寄託各有在。誰將女兒花，孟東野詩：「萱草女兒花。」猥與丈人對。後來遞相承，用代父母稱。雷同傳萬口，故事於何徵。陟屺亦望父，陟岵亦望母。拘文恐害辭，義可斷章取。廖生我同年，天性實過人。四十而孺慕，有懷雙老親。雙親從宦歸，志未遂迎養。所以仕於朝，時時深悵望。晨昏難自慰，作底承歡娱。重將望雲意，添寫《椿萱圖》。誰非人子歟，此樂洵闕命。試問儕輩中，幾家猶具慶。

清明雨

九陌廉纖雨，朝來阻鈿車。擔頭春事好，添種幾盆花。

即　事

舊日兒童戲，風鳶跋扈鳴。近來雌蛺蝶，栩栩鬬身輕。

午亭山村座主相國澤州公里第也十五年前公官大司農時屬虞山王翬繪成横卷今從政府予告將歸上賜御書扁額公既作詩紀恩復出此圖命慎行繼和恭賦七言絶句十二章

其　一

天井西來第幾陘，浮嵐千里拱翠屏。井西道人畫不得，自有此山無此亭。

其　二

萬丈光芒臨一州，宸章奕奕垂銀鉤。煙霞指點最深處，中有御書縹緲樓。

其　三

嵩少之旁多名園，家山近繞申甫門。丈人石踞天下脊，三十六峰皆子孫。

其　四

午壁午橋名偶同，佳名豈襲裴令公。屋頭山色屋下水，多載桑《經》酈《註》中。

其　五

他時物産按圖經，見説長松似茯苓。曾活萬人餘世澤，天教仙草生槐庭。

其　六

南陌東阡不斷雲，瀧岡佳氣何氤氲。行人過者日無數，下馬來讀歐陽文。

其　七

展卷尋常思釣遊，太行天半阻歸輈。誰知老鶴出羣意，早在千花塔上頭。

其八

崦裏人疑小洞天，如今真個著神仙。蒼髯白甲問無恙，已是歸遲十五年。

其九

幅巾藜杖去尋春，盛事一時讙四鄰。不獨公顔如雪柏，亭旁竹樹多精神。

其十

濩澤灣澴走白沙，一渠新漲給千家。野翁邂逅勿相避，丞相小車來看花。

其十一

到眼風光涉筆成，天然何必煩經營。野桃官柳村村遍，五畝不居獨樂名。

其十二

一德君臣進退間，恩深容易乞身還。袖中携得片雲去，肯羡爲霖重出山。

次韻答雲間黄若木三首

其一

雅音日以遠，里耳方好新。凡卉擢穠華，過眼同一春。不有味古士，誰歟範師民。任昉云：

「師民之選，允歸人範。」朝家宏網羅，棫樸皆櫄薪。人人珠在握，一一鳳集身。君豈躍冶耶，顧獨遺陶鈞。不欲輕比擬，擬之恐非倫。

其二

我初未識君，聞君窺奥府。平生不苟出，厥德自藻斧。朅來京洛遊，黥刖覬息補。居停得所託，養此好毛羽。昨者荷見存，温温夙心吐。深知君子性，不逐時翔武。即以詩學論，自可立門户。

其三

老年業不進，少作悔子雲。遷地胡能良，鄭刀宋之斤。輇才不自給，何以揚英芬。官書日有課，兀兀膏繼焚。結習猥未除，多生墜聲聞。我惑歎滋甚，君懷慼彌殷。世豈無士安，與序瑶華文。

題陳緘菴前輩西溪探春圖二首

其一

竇所塔邊松木塲，小溪冰泮緑泱泱。竹篙撐到水窮處，臘雪不香春雪香。

其　二

不怕京塵漲帽裙，參橫月落正思君。何人唤醒羅浮夢，萬壑千巖皆白雲。

奉題座主宗伯公松下讀書圖四首

其　一

七旬過後便懸車，八座歸來尚讀書。不礙鬢髯銀樣白，精神猶似入朝初。

其　二

昨夢曾占十八公，今於林下復相逢。鄰翁笑指童童蓋，此是先生手植松。

其　三

嫛嫛濤生細細鱗，喜從畫裏著閒身。腰金手板全抛却，别换輕紗一幅巾。

其　四

階庭蘭玉看初成，萬卷傳家抵百城。他日松風吹几杖，執經猶有老門生。

題李後圃鶴怨猿驚圖小照二首

其一

晨鳧夜鯉烹殊僭，春韭秋菘味最全。此段風流君不乏，故應慙愧督郵前。

其二

文人自古相輕薄，不獨山陰孔稚圭。我爲解嘲還一笑，絆將驥足展牛蹄。時李赴唐縣任，畫一牛車，坐其中。

老懶吟

筋駑肉緩稽叔夜，齒豁頭童韓退之。自分我今兼二者，那將老嬾逐兒嬉。

張研齋前輩餉梅花片茶

摘得梅邊小瓣香，雨餘出焙勝旗槍。茶人預入前宵夢，茗使旋分細色綱。水態花情論臭味，鬢絲禪榻借風光。開籠未敢輕煎點，待瀹清泉自在嘗。

盆池魚

埋盆當小池，中貯斗斛水。紅鮮二三寸，厥族殊鯽鯉。擘粒晨飼之，駢頭而接尾。居然樂同隊，似識爭競恥。江湖豈不寬，吾力止於此。含珠或望報，一笑可以已。

送同年張耦韓宰靈寶

地當分陝舊稱雄，劇邑依然函谷東。百里桑麻通號略，一塍花柳界臨潼。神明世合推賢宰，悃愊君能復古風。别有高人占紫氣，仙才寧滯簿書中。

題同年徐師魯小照二首

其一

琴調古於松，琴心淡於水。君勿改君絃，吾方洗吾耳。

其二

林風吹月上，下有涓涓瀨。何處覓知音，知音不在外。

師魯索題小照適飲藥酒微酣誤以爲撫琴圖率題五言絶句二首明日視之乃烏皮几也再作二絶解嘲

其一

認將髹几作焦桐，笑口重開展卷中。道是醉人多謬誤，終慙老眼太朦朧。

其二

松風水月與傳神，何物能消簿領塵。不待客嘲先自解，畫中賴有抱琴人。

墻西棗樹一枝下無居人似爲余設也花時口占二絶〔一〕

其一

童心預想三秋實，吾眼聊看四月花。見説西鄰曾去婦，故來與爾作東家。

其二

獨樹移陰落檻前，清香端爲病夫傳。斜街一榻槐花雨，已是浮生過去緣。憶槐簃舊寓也。

〔一〕「枝」，疑誤，《原稿》作「株」。

四月廿二日早赴西苑送駕避暑幸山莊

麥壠瓜疇曉氣温，朦朦淡月漸無痕。殘星帶火沈千點，新緑如山擁一村。老馬熟諳城北路，雛鶯又報苑東門。征衣長短曾蒙賜，篋笥三年倍感恩。自入武英書局，三年免扈從矣。

科詔

科詔重聞下大廷，怱怱幾輩出郊坰。冬烘一老粗知分，閒卧天街閱使星。余自乙酉以來，鄉會試應列銜名，俱引分辭免。

即事〔一〕

盆池緑浄午晴初，尺水中涵萬象虚。一片玻璃天上下，白頭影裏過遊魚。

〔一〕按，《原稿》題作「盆池」。

病枕聞蟬

閒門無剥啄，倦枕閲晨暮。風外一聲蟬，誰家庭下樹。

喜德尹至二首

其一

近接元宵信，添丁報玉川。弟於元夕得子。重來堪一笑，小別費三年。貰酒逢花醉，移床聽雨眠。城南數間屋，相遲亦前緣。弟所居即三年前舊寓也。

其二

六十吾過二，君年正匝巡。所傷非齒暮，無愧是官貧。骨肉性相近，田園話倍真。舉家同旅食，渾似帝鄉人。

喜雨

六月黄塵裏，炎蒸何處逃。乍凉蟬嘒爽，將雨燕飛高。天意回枯槁，人情散鬱陶。久醒思一醉，連夜致香醪。

大雨中將入直柬紅椒上人

泥深路滑强肩輿，童僕何由借蹇驢。輸與城南詩老衲，一爐香坐雨安居。印度僧徒於五月十六後坐夏，謂之「坐雨安居」，以此時多雨也。

種決明

眼昏欲試醫治平聲法，庭下朝來種決明。八廓五輪全是障，龍木論眼，有「五輪八廓，内外之障」。却思草木養餘生。

六月十三日大雨獨坐武英殿書局

宛轉西城路，衝泥入禁垣。稍欣人語少，故覺雨聲喧。螭吻劙雲黑，龍頭吐水渾。微涼生殿閣，沾洒亦君恩。

題汪千波清溪放艇圖二首

其一

三百八梯白岳，四十七瀨清溪。船頭已安茶具，船尾可少偏提。

其二

載書我昨曾到，老去重遊大難。五百灘頭回首，羡君摇艇新安。太白詩：「聞説金華渡，東連五百灘。他年一攜手，摇艇入新安。」

偶詠庭前花木五章

其一

茉莉本鬘華，佛書，鬘華即茉莉也。南人不之重。結籬雜枳棘，爛熳寧煩種。西江糧艘來，此物充土貢。民間近亦夥，廟市排缶甕。一本值數千，探支一月俸。貧官俸有幾，減口爲目用。

其二

秋葵特小草，幹直葉頗剛。鴨脚不中蔬，移根自銅梁。韓偓《黄蜀葵賦》：「移根遠自於銅梁。」經時得土性，伏雨回微凉。一日閲一花，半月如人長。檀心暈深紫，金琖含嬌黄。詩翁亦何知，輕比道家粧。薛能《黄葵詩》：「記得玉人春病後，道家粧束厭禳時。」

其三

棗實初如芡，垂垂挂屋角。秋陽一以曬，脆美漸可攴。或慮壓枝低，隔垣探掌握。家童方竊食，遑問野鳥啄。朝來風太狂，嚮瓦若冰雹。天公有暴殄，静者庶先覺。

其　四

決明乃叢卉，細莖挺蓬麻。兔目葉如槐，秋前吐黄花。入秋况多雨，亂發正復佳。勿矜顔色鮮，行矣霜霰加。吾方感獨立，何暇爲汝嗟。少陵《决明詩》：「凉風蕭蕭吹汝急，恐汝後時難獨立。」

其　五

石榴八尺長，灼灼花頭密。火雲催落瓣，秋蒂齊結實。初看顆顆同，罅拆謂可必。根孤力苦弱，黄殞無虚日。滋培吾豈殊，成朽視其質。何當慰老眼，存者十之一。

續咏庭前花草四章

其　一

木槿日及花，難開易憔悴。人情無久暫，枯菀適時至。敷條自仲夏，《月令》：「仲夏之月木槿榮。」荏苒雜秋卉。老人齒髮衰，閲世殊少味。炎凉等晨暮，草草寓生意。

其　二

江南第一花，山谷詩：「玉簪墜地無人拾，化作江南第一花。」得名獨因蘂。金方秉正色，厥白孰與比。愛其玉無瑕，持以配君子。終焉忌太潔，采摘從此始。莫上美人頭，膏油能污爾。

其　三

海棠以秋名，應候開最早。媚人取顔色，娟秀亦自好。大葉承緑盤，幽芳出紅褓。亭亭矜獨艷，脉脉視羣槁。春爲耀眼花，秋作斷腸草。寄語賞花人，千金須善寶。

其　四

高梧葉旋殞，苦竹歲不實。九苞鳳德衰，墜地尚仙質。翩翾宜具體，五綵爛初日。俗眼視如蓬，紛紛難致詰。稱呼隨世變，愛惜從緣結。誰知好女花，可入毘耶室。

吴文藪員外餉鮮荔枝憶戊寅六月與竹垞先生同遊西禪寺飽噉此味慨然有作

不踏三山路，於今十四年。每談甘露味，輒想荔支鮮。好友能分餉，浮生感宿緣。曾同朱老喫，惆悵望西禪。少陵詩：「果熟且同朱老喫。」

翁蘿軒爲西厓畫柳舍漁莊圖有詩索和次韻三首

其　一

縹緲虚無外，空明蕩漾前，何從分筆墨，直是散雲煙。詩好原通畫，神清果得仙。漁村楊柳岸，放眼即湖天。

其　二

宛轉橋臨渚，參差樹隱莊。棹應迷客入，車或遣兒將。命意何瀟灑，爲期但渺茫。兩三垂白叟，篝火話溪堂。

其　三

歸宿知何地，披圖大可尋。冷官疎熱客，老境炯初心。重碧千層浪，遥青一寸岑。篋中無長物，終不羡籯金。

西厓視學中州重修龍門香山寺後一年汪退谷以事入秦過洛中命主僧種松數百株因繪成横卷兩公往復之作在焉索余繼和四首

其　一

俸薄官清舉廢難，種松初返舊時觀。風流二老知誰繼，畫裏亭臺補復完。

其　二

甲子俄驚十五周，刹那減劫已千秋。自開成六年至今，踰十五甲子矣。多情八節灘頭水，重挾松聲上石樓。

其　三

曾否經堂認寫真，却將綺語懺前塵。他時編入支提藏，莫忘題詩第四人。兩公倡和而外，惟索西谷及余詩，故云。

其　四

夢裏曾遊亦勝緣，鼎門南去是伊川。打鐘掃地初心在，終著袈裟唤渡船。

食鷄頭

芡盤每憶家鄉味，忽有珠璣入我喉。絶勝嘗新會靈觀，鷄頭池上剥鷄頭。汴中芡實出會靈觀，歐、蘇皆有詩。京師德勝門内，有鷄頭池，當因此得名也。

以庭前新棗餉德尹二首

其一

已經半月中童約，又剩高枝與烏鵲。比似洞天無核棗，一枚聊解此生饞。東坡云「朱明洞是蓬萊第七洞天，有無核棗，唐永樂道士侯大華以食棗仙去。予在岐下，亦得食一枚」云。

其二

人間千樹等封君，此語曾聞《貨殖》云。好笑貧官貧徹骨，一株還就比鄰分。

晒藥示紅椒上人

故人憐吾衰，往往致藥料。王幼芬自蜀中貽黄連、貝母、附子、鬱金。湯西厓自遼東歸，貽鹿膠、五味子。東西朔南産，地道悉精妙。賤棄靳菅麻，貴儲同美鐐。居然聚成肆，巾笥蓄海嶠。炮炙所未加，蠹叢劇牛噍。幸辭梅雨漬，喜及秋陽照。連朝風色佳，拓牖啓奧窔。清泉滌宿垢，緩火焙瓦銚。鼻觀通衆香，薰然徹腦竅。調柔在心性，外物徒詭弔。還復觀我身，癡愛於何召。《維摩經》：「從癡有愛，則我病生。」然而我有病，此病非藥療。自從客京塵，四大苦纏繞。去聲。攀援乃根本，客疾從此勦。齒落憐舌柔，聲讙憎耳剽。狂華瞥眼翳，殘焰灰心燒。依回翦翮籠，潑刺貪餌釣。窮非學子諱，痛甚舍人謷。近讀《維摩經》，衰年忽如少。虛空一床座，環顧不得徼。芥子納須彌，諸天初不覺。大海入毛孔，黿鼉性無嬈。向來煩惱因，摒擋付煙燎。而今方丈室，誓絶慈悲叫。欲將藥施人，恐被醫王笑。

中秋赴座主澤州公之召公首唱七律一章仰次原韻

乘鸞顧兔望盈盈，恍坐瑤臺第十成。桂樹有香秋倍爽，丹丘無月晝同明。滿堂賓客沾餘斝，前席生徒奉橋衡。公視浮雲如富貴，何煩問夜卜陰晴。

席間遇雨相國復有留諸子待月之作再次原韻

子魚通印雀披綿，不數侯鯖侈食前。東閣再開延客地，南樓重上晚凉天。林泉興在何時遂，風雨情深此夜偏。兩串驪珠光照座，賽看蟾魄十分圓。

題王文選浣花溪垂釣圖小照二首

其一

小舟閣淺沙，巨石壓深洞。忽動緑玻瓈，遊魚嚼花影。

其二

溪頭幾株桃，多被柳拂開。幽人此中坐，蒻笠青於苔。

題表弟湯納時授經圖

與君中表序弟昆，往還猶記隨家尊。來時奉杖出候門，長者前導幼踵跟。聖童十歲名早喧，六經背誦河傾源。我慙却立心自捫，同年詎可同隊論。爾來幾何閲晨昏，年踰六十手一反。女長已嫁男已婚，不獨抱子兼抱孫。我雖竊禄鶴在軒，君猶需次羊觸藩。夢歸往往得故園，披圖相對兩悦魂。君家紫雲山下村，護田之水清不渾。有孫可教經可翻，只坐八口艱饔飧。絃歌三徑思所存，桑榆力挽扶桑暾。黄精掃盡霜蓬根，一笑重續兒童言。

王樓村同年忍冬齋賞菊分韻得頭字十韻

晚菊多佳色，書齋位置幽。乍來寬束縛，相對解綢繆。冷傴精神透，清宜臭味投。近盃浮藥氣，照影出花頭。肅肅霜如剪，團團露欲流。蟹胥黄剖殼，鶴氅白披裘。籬下非無伴，盆邊剩有秋。酒徒讙復合，詩主病初瘳。莫以蹉跎歎，終能爛熳酬。年年高興在，亦足慰淹留。

次韻答東亭弟滇南見寄之作

西風萬葉催黄落，鷙鳥盤空恣拏攫。南中誰遣雁飛迴，滿紙言愁嗟落魄。我從前夏與子別，行坐時時感離索。荒山亂水夜郎城，憶走從軍恍如昨。一身輕出曾投筆，萬里初歸但垂橐。兵戈回首三十年，鳥道羊腸夢猶愕。子今宦遊乃落此，恍惚披圖見《滇略》。邪龍東徙窟宅清，狂象南奔夷爨削。浪穹水曳青羅帶，點蒼山淬芙蓉萼。武侯故壘屹關城，阿育遺封割岩壑。鳴琴理訟三時暇，傳鼓排衙百吏諾。才優官事非難了，俗儉民情遥可度。愁懷得酒且暫開，詩體如騷亦間作。比聞索米大不易，應笑枯匏繫京洛。性癖難陪冠蓋游，興闌只想田園樂。馳書爲報天南弟，待作癯仙同跨鶴。

武英殿書局告竣除夕口占

窮年書課恰如期，喜甚兒童放學時。剩曆一行還餞臘，涉冬三月可無詩。舊巢天上重來夢，殘局燈前未了棊。斑鹿黄牛仍拜賜，白頭慙愧被恩私。前二日，復入南書房，蒙賜歲酒、羊、鹿、魚、雉等物，仍年例也。

敬業堂詩集卷四十

長告集起壬辰正月，盡十二月。

辛卯臘月，左手病風。今春漸及右臂，蒙恩停免內直，始得因病乞假。前後滿百日，患猶未除。適兩院長俱遠出，遂因循度歲。昔白香山守蘇州時，年甫五十八，而退居之計已决。其詩有「長告雖當百日滿，故鄉元約一年回」之句。未幾果歸，又十年而風疾作。余今年六十有三，患病在前，請假在後，出處之際，有媿昔賢多矣。

元旦朝回御賜酒肴果品二席中使賚至臣家感恩恭紀

玉笋班初散，瓊筵賜北扉。忽傳中使到，正值早朝歸。仙液瓜梨脆，哈密瓜、凍梨，皆異品也。春羹雉兔肥。一家同醉飽，元日拜恩稀。

周桐野前輩貽雲碁一副開奩皆白子也戲占二絶句

其一

朝來晝得紙爲枰，一笑開奩賭不成。遮莫先生寓微諷，不教黑白太分明。

其二

周天三百六十一，奇偶中從太極分。細玩君家舊圖説，有陽可得獨無陰？

病風

香山臨老愁風痺，昭諫多時患臂攣。自分早衰宜速退，敢云同病比前賢。三災有劫誰能免，五苦無塵可怕纏。不學維摩佯示疾，道場還作散花天。

瀆山酒海歌并序

內西華門外西南一里許，明朝御用監在焉。又南數十步，爲真武殿。庭前老檜一株，下有元時玉酒海，承以石床，玉色青碧，間以黑章白暈，旁刻魚龍海馬，出没波濤之狀。口面約廣三尺餘，隨其質爲凹凸，若荷葉然。形製朴古〔二〕，膚理温潤，中容四五石許。壬辰正月十九日，偕雲間高不騫槎客往觀，摩挲久之。按，《元史·世祖紀》：「至元二年十二月，瀆山大玉海成，勅置廣寒殿。」《輟耕録》云：「廣寒殿在萬歲山頂，中有小玉殿，内設御榻，左右列侍臣坐，牀前架黑玉酒甕一。車駕歲巡上都，先宴于此。」《燕都遊覽志》云：「今御用監中有小亭，亭内一玉缸，體質頗潤，中積水，外以朱欄護之，即廣寒殿中物也。」槎客屬予紀其實，因參考舊聞，而系以詩。

雲間高生精賞鑒，嗜古搜奇確且贍。朝來導我出西華，指點前朝御用監。監南新刱玄都壇，當門老檜青蛟蟠。舊聞酒海今落此，共嘆體質猶堅完。瀆山巨璞初無價，誰遣不脛來輦下。至元巧匠雕琢成，萬歲山頭設高架。天然位置平不頗，瑣窗八面開重阿。石龍吸水上霄漢，倒瀉溢爲太液波。波光翻動廣寒殿，滿甕蒲桃映華瑱。侍臣多著質孫衣，質孫，燕服，見《元史·世祖紀》。天子親臨詐馬宴。電轉星流四百年，故都何物不推遷。曾承沆瀣依天上，流落人間亦可憐。亭虚無復朱欄護，頽砌旁連髹器庫。天吴跋浪鬐鬛張，只與空庭飽風露。君不見周彝商斝近來無，形製争傳《博古圖》。爲池爲海將安用，笑爾幾同五石壺。

〔二〕「朴」，《原稿》作「奇」。

恭和御製咏鳥槍原韵

鋟金浴鐵製新傳，萬丈光生掌握前。命中巧踰弓入彀，發機突並鳥争先。毛風血雨來千里，雹𩅰雷𥔵徹九天。一震餘威收有截，坐令寰宇靖烽煙。

正月二十五日奉旨停免内直仍赴翰林院供職恭紀

九年旄筆廁清班，忝竊虚名秪汗顔。瑣闥乍辭疑削籍，玉堂重到許投閒。勞生分定升沈外，聖主恩深進退間。留取羽毛憐病鶴，孤飛何日放教還。

二月朔日碧桃盛開

無數緋桃蕊，齊開仲月初。人情方最賞，花意已無餘。

初假十四韵

涉海疑無岸，收帆喜有涯。初諳閒氣味，已攬病情懷。長假知難遽，微名料易埋。密藏虚白室，高挂踏青鞋。一榻春將半，孤踪世孰偕。自延醫入座，便少客升階。似鵠肩雙塌，如籤指互排。屈伸寧自主，運用漸多乖。藥餌聊投水，針鍉等刺柴。簡編從庋閣，典校免科差。卧久兼拋杖，僧來或勸齋。老蠶甘盡葉，瘦馬嗜枯藍。即事安愚分，餘生戀廢骸。幾時真大笑，撒手向懸崖。

盆中新種幽蘭忽吐一花病枕喜作十二韵

《本草》繙因藥，旬來偶種蘭。近根微取潤，培土最宜乾。愛護新芽茁，爬梳舊葉完。連朝風習習，昨夜露溥溥。笑口欣將拆，花頭側未安。一尖長計寸，五出瓣成單。静女晨粧淡，幽人翠袖寒。香來殊不意，夢好却無端。客有逢知賦，周弘讓《山蘭賦》：「竊逢知于綺季。」吾方擬操彈。當門誰免忌，入室雅相驩。養鼻芬何與，「椒蘭芬茝，所以養鼻也」，出《史記·禮書》。同心契漸難。秪應賢子弟，佳氣滿門闌。時德尹、潤木、信安諸弟俱在都下。

元立上人淮陰張氏子幼隨父客京師父殁權厝天津且死屬其子曰必反吾骨故鄉時元立甫九歲貧不能自存去而爲僧得法于平陽晝公今五十年矣辛卯秋徒跣北來求父葬處天津瀕海沙水衝激殆不可辨有里老張姓者依稀指其處發視墓磚在焉桐棺無恙將奉以歸葬相見京師乞一言紀其事爰贈以詩

僧臘五十八，當時九歲孤。悽凉銜治命，辛苦望泉壚。鬼守他鄉魄，兒存出世軀。兩消生死憾，含笑赴歸途。

獨坐聞孤雁

風急天高片影孤，水圍初脱尚驚呼。是日行在初撤水圍。菰蔣幸有單棲處，莫入羣中更作奴。

清明日偕馮卯君馬素村沈駟襄家言思諸孝廉及兒建出右安門小飲祖園水亭有懷城西舊遊

卧聞風日好，暫起出郊坰。歲有清明節，人如聚散星。烟光初上柳，水氣欲生萍。却憶名園路，橋邊共踏青。

三月十五日恩賜翰林院講讀編檢諸臣松花江緑石硯中使宣旨查慎行吴廷楨廖賡謨宋至吴士玉五人向在武英殿纂修着揀式樣佳者給與臣慎行得夔龍大硯一方恭紀二十韵

砥石青山麓，松花碧水濱。天文聯析木，地産富琳珉。藴作巖間璞，來爲席上珍。自蒙官采擇，頓發玉精神。有用逢時出，無瑕抱質純。性剛偏潄潤，膚膩不留塵。露氣鮮流葉，波光緑漾蘋。銘辭周《雅》古，背有《御書銘》，其辭曰：「以静爲用，是以永年。」形製帝鴻新。規矩方圓合，廉隅節角匀。雕龍由哲匠，篋鳳賁儒臣。賜硯有泥金漆匣。憶昨隨班久，曾經拜賜頻。前在内廷，兩蒙頒賜。隃麋兼月給，棐几亦時陳。延閣披香夕，山莊珥筆晨。詩多呈乙覽，賦每達楓宸。自罷文昌直，仍叨竊禄因。微勞蒙記憶，末路慰沈淪。優旨宣中使，殊榮逮五人。枯魚咸仰澤，病樹稍知春。臣分增慙恧，君恩視笑嚬。捧歸憐手顫，增重爲絲綸。

曉出西郊

小童晨出郭，歸報杏花開。病試經春屐，隣賒過臘醅。斜風吹巷陌，細雨隔樓臺。未遂田園計，僧寮又一來。

偕德尹潤木信安兒建孫祈過摩訶菴看杏花主僧乞詩留題一絶

酒場詩壘付前塵，不到精藍二十春。今日眼昏花似霧，僧雛誰識未歸人。

再疊韵一首

弟勸兄酬不隔旬，花前渾作一家春。可能消得兒孫福，奉杖將車侍老人。

廣濟寺看海棠同涂燮菴徐壇長次杜牧之街西詩韵

滿城烟柳正藏鴉，好事偕尋老衲家。旛影愛飄新掃地，露痕初綻半開花。略宜步障遮濃日，惜少鴟夷載後車。肯似旁人苦攀折，一枝歸插帽簷斜。

是日再過燮菴同年寓園看海棠兼招王樓村

笑口重開又一奇，小堂南北萬花枝。同時被賞寧論晚，明日來看定悔遲。無雨劇憐如許豔，有風生怕不禁吹。惟應火急邀詩老，趁取嫣紅撲酒巵。

荷陰清暑圖撲院長屬賦四首

其一

緑水亭南萬緑楊，一奩明鏡貯煙光。自移玉井如船藕，高放花頭盡出墻。

其二

碧雲擎蓋午陰涼，不獨花香葉亦香。想見公門清似水，春耡飛近讀書牀。

其　三

六月遊人汗汁融，透肌一陣好涼風。欲知魚樂看魚戲，長在田田翠影中。

其　四

比似濂溪愛有加，年年貪看畫中花。直從葉點青錢後，剗過蓮蓬始到家。先生每歲扈從避暑，故云。

送陳緘菴前輩視學山東二首

其　一

頻年慎簡出宮坊，公道能令士氣昌。稽古榮歸儒者分，掄才難得聖人鄉。機絲合與金針度，分刌知從玉尺量。館閣同時皆屬目，又看魁柄指東方。

其　二

冰壺貯質雪飛丸，清望今猶重此官。絳幄風開三月後，紫蹕光動五雲端。蓬瀛盛事推枌社，桃李新陰到杏壇。此去畿南纔七驛，道旁迎謁盡儒冠。

展假戲簡吴山掄薄聿修陳世南三同年

俸滿開坊及，慵多請假頻。雨中三月暮，花外五湖春。已遠鵷鸞隊，猶羈麋鹿身。好官如歲酒，推讓少年人。

德尹招同人飲寓庭紫藤花下

此藤此地初種時，詩翁酌我索我詩。藤爲桐野手植者，今日周亦在座。藤今成陰花滿架，吾弟重來宅其下。夜來急雨雷闐闐，拓窗起看東南天。雲頭解駁日穿漏，紫氣散作濛濛煙。兩龍上走尾倒懸，之而鱗爪紛盤旋。佛光中現寶瓔珞，絳節珠幢朝曉仙。笑渠主人負花癖，治具典衣誇示客。酒徒一半招不來，來者留連窮日夕。高燒紅燭臨前庭，燭燄浮動千娉婷。忽然落蘂墮杯面，香入醉魂愁欲醒。十年萬事經眼見，況此旅寓如郵亭。藤兮得氣漸張王，而我與汝俱頹齡。閒坊大可養衰疾，官守幸已逃拘囹。飲雖小户且滿引，莫待鳥啄花飄零。

陳子萬七十壽令子履中孝廉來乞詩

曾於郎署挹清風，解組歸成鶴髮翁。才子聲名喧輦下，故交書札到山中。荆溪《花蕚》排家集，子萬與令兄其年、緯雲合刻家集。商洛烟霞屬寓公。時子萬移家中州。知是林泉能養壽，自慙宦跡尚如蓬。

題汪籲三騎驢圖即送其赴醴泉縣任二首

其　一

結束翩翩西入秦，也如懷縣著安仁。杏園别有騎驢者，羨爾幾同鶴背人。今科進士俱留京教習，不聽還鄉；唐時進士皆騎驢，故云。

其　二

逸足曾登郭隗臺，屈他作吏亦仙才。三峰圖上逍遥意，又看昭陵石馬來。昭陵在醴泉管内。

同年王樓村嘗夢至一處梅花滿庭有一老人杖而入以杖數樹云此十三本以付汝汝若饑時但喫梅花便是神仙地位也覺而屬禹司賓慎齋畫十三本梅花書屋圖壬辰四月樓村官罷將出都以圖索句作歌贈之

鴻臚禹子特好奇，聞人説夢乃畫之。寒梅繞屋十三本，一一著花無醜枝。問渠此屋在何許，異境云自華胥移。龐眉丈人野鶴姿，指樹付汝汝不辭。嚼花可使食無肉，仙者得之能瘵飢。覺來官舍冰雪冷，滿牀薜薜香風吹。君家汜光湖水湄，柳繁梅少地苦卑。買栽開徑良不易，梅性故與高寒宜。然而畫藁出神授，何必遠問孤山爲？但愁書多無屋貯，莫嘆樹小看花遲。浮生所遇率假合，刹那劫比阿僧祇。幻中生幻想非想，身外有身知不知。君今罷官歸有期，蘧蘧形開夢者誰。詩成擲筆吾自哂，區區紀夢何其痴。

因病展假院長撰公遣車邀至郊園用義山詩作起句

漳濱卧疾正無憀，忽枉車音荷見招。藥草去扶藜杖覓，楊花來傍酒旗飄。不緣別夢三春隔，已憚勞薪半日遥。重到名園知有分，爲憐詩癖未全消。

院長和前韵謂余將乞長假特寓留行之意再叠韵奉答

出處心孤不自憀，當歸何待故人招。花隨流水雖難住，絮到粘泥已倦飄。塞馬楚弓紛得失，遊鵾斥鷃各逍遥。獨餘門館酬恩地，香山詩：「高家門館未酬恩。」結作癥瘕未易消。

自怡園藤花

朱藤春季花，入夏已狼籍。名園開較晚，間作一旬隔。我來若相待，耀眼動魂魄。舉頭千萬梢，梢梢上高格。迴欄三百步，步步轉幽賾。中休得小亭，未覺方丈窄。花穠四垂鬘，葉厚平展席。輕如榆穿錢，小串低可摘。重如鰓貫柳，繁縷紛難擘。尾長或計尋，莖短亦盈尺。高褰俄作勢，密綴欲無隟。南北交絲幃，東西挂簾額。采香蜂經營，嚙影魚跳擲。紫雲烘暖靄，不受日光炙。旦晚顔色殊，陰晴氣候易。主人有深意，召此閒吟客。方當豁襟抱，兼用佐肴核。擷之復湘之，謂有噉花癖。從公亦何幸，醉飽且永夕。明歲花發時，回頭莽陳迹。

曉起聞鶯聲次院長原韵

煙條雨葉密難分，睍睆聲從隔岸聞。自出喬林爲求友，苦教獨客感離羣。暗穿花徑如流水，暖炙笙簧好遏雲。斗酒雙甘真不厭，爲渠晨坐到斜曛。

雨後觀芍藥再呈院長

夜來微雨曉來風，多爲階前芍藥叢。艷色可將何物比，賞心聊與故人同。遲開分落羣芳後，獨秀蹔居萬緑中。莫以將離煩折贈，兩年以來，園中每有花開，公必遣人折送。此花不稱白髭翁。

鶴卵次院長原韵

四生一墮想緣深，陽鳥雙棲只在陰。遺種也憐同羽族，托胎誰信有仙禽。雲霄已具初生質，渾沌猶全未鑿心。他日長鳴聽子和，勿將雀鷇比淳音。蘇明允詩：「雀鷇含淳音。」

聞汪紫滄同年出獄

忽傳恩赦下蕭晨，病枕初疑聽果真。但是旁觀多感涕，誰當身被不沾巾。累朝豈少文章禍，聖主終全侍從臣。莫怪兩家憂喜共，十年同事分相親。

送孫洪九之任瓊山兼簡瓊州守林碧山

異才資格外，仕路有先機。洪九在武英書局校録，去冬告竣，特恩叙用。得邑莫辭遠，着鞭如爾稀。嶺雲雙舄度，海島一飃飛。府主今賢者，兹行得所依。

平陽太守孔彝仲六十壽詩

十五年前識孔愉，座中曾示《武夷圖》。戊寅初夏，余遊武夷，時彝仲宰崇安。家承曲阜先師學，郡領陶唐古帝都。宦況秖聞琴配鶴，仙山猶憶舄爲鳧。懸知北海開樽處，酒釀蒲桃不用沽。

賦得忍冬花送樓村同年南歸分韵得羣字

鴛鴦亦有偶，鷺絲亦有羣。《本草》：「忍冬一名鴛鴦藤，一名鷺絲藤。」豈謂閱晨莫，遽看黄白分。亭亭羞獨豔，兩兩含清芬。願保忍冬意，嗒焉吟送君。

以釋門五經約註送院長有詩見謝即次來韵奉酬

禪宗空諸無，梵夾實諸有。光同日月照，瑞叶龜龍負。新舊譯兩伊，一豈殊三九。《翻譯名義》云：「西方有新舊兩伊，猶此土之篆隸。」又云：「開雖具九，九只是三，三九雖殊，其理常一。」五經大綱具，五藏條目剖。三十八萬言，言言垂不朽。《大論》云：「《毘勒藏》有三百二十萬言，佛在世時所造。後人憶誦力少，不能廣誦，撰爲三十八萬四千言。」聲明先釋詁，《大論》言：「五明者，一曰聲明，釋詁訓字，詮目流别。」精理發智母。起教《阿含》先，修行《木義》首。明通徹墻壁，解脱除枷杻。散華與貫華，慧悟非愚守。多羅雖布葉，漚鉢必尋藕。我無廣誦力，心地未離垢。自從獲此書，煩惱變蜆斗。久知繆絨石，猥欲珍享帚。狂緣稍稍歇，幸免怖頭走。方丈寄一軀，由旬視四肘。有時或展閱，默坐牢閉口。先生愛我深，采善每耡醜。作詩相扣擊，現此霹靂手。秘笈敢自藏，琅函往無咎。願公調五味，灌頂孰與偶。眼界示空澄，微塵悉抖擻。琉璃無障礙，當見山河否？

送史儆弦前輩視學粤東二首

其一

去作蓬瀛海上仙，文昌八座本同躔。一朝掌制推三世，萬里持衡在兩年。史典雲南鄉試初回，故云。脣氣晴標瞻斗地，虹光夜發種珠淵。蒼榕錦荔成陰徧，桃李春風分外妍。

其二

鳳池重望屬宫端，親見丹山振羽翰。昨捧紫綸千騎出，尊甫儲相公於三年前奉命祭告南海。新開絳帳萬人看。班香宋豔才相嬗，蘇海韓潮量校寬。但是同朝誰不羨，文章早達似君難。

晚香齋畫卷紅椒上人屬題二首

其　一

清流九派匯東湖，湖上精藍傍弄珠。三十年前遊似夢，黄花應笑白髭須。癸亥客游當湖，始識上人於化城菴。

其　二

晚香齋畫已流傳，初白菴成未有緣。世出世間留二老，把茅至竟讓誰先？

羅浮五色蝶院長屬賦

我愛羅浮雙鳳子，碧紗籠出看分明。别從花底留仙種，不向林間蠲化生。莊叟夢中渾未識，滕王圖上總難名。秖疑園客蠶爲繭，五色抽絲繡得成。

送院長揆公隨駕避暑山莊

上卿侍從有仙才，詔許攜家避暑來。閒裏未妨披卷過，别前先約寄詩回。灤魚味入三秋美，塞草花多六月開。曾是往年同直地，萬峰回首隔蓬萊。

把犂圖爲汪荇洲前輩題二首

其　一

宛轉橋通曲折溪，緑陰南北岸東西。玉堂不少栽花地，爲愛山村雨一犂。

其　二

身占蓬池第一流，却從跨鳳想騎牛。山中宰相他年事，不要黄金畫絡頭。用《南史·陶弘景傳》中事。

題從孫恒侯雲岫觀日出圖

雲岫家門山，去家咫尺耳。平生趾未到，浪走千萬里。客中看畫興飛騰，老矣梯空力尚能。桑榆欲挽扶桑景，歸作鷹窠頂上僧。

送陳鍾庭前輩由學士督學畿輔二首

其　一

旁無汲引上丹墀，獨以文章結主知。奉使銜仍兼學士，持衡公不愧宗師。朱衣院吏傳呼出，白髮儒官載筆隨。好是年時車馬道，兩行桃柳夾旌旗。

其　二

春風入座藹然披，形跡無嫌自絶私。花月有時成邂逅，壺觴幾處記追隨。戢鱗魚廁騰蛟地，塌翼鷗眠浴鳳池。未敢出郊同祖餞，聊憑折柳託新詩。

送唐次衣庶常省覲歸揚州次安溪相國原韵

紛紛冠蓋塲，勇者乃先去。河橋萬株柳，攀折凡幾樹。九重亟儲材，館選盛泠署。新進半登瀛，芸窗拓雲霧。舊來冰雪文，詮次列州部。羣推著作手，領袖佇知顧。云胡遽儆裝，矯首赴歸路。足知學問力，禄養猶孺慕。《白華》古義存，至潔如飲露。天際望南帆，花間指西墅。人生屬有願，肯作蓬萍聚。與君昨論交，託契在未遇。知我無若君，侵尋感末暮。重來秪自悔，余丁亥告假南歸，次衣有《送行叙》。久滯真再誤。厚意久豈忘，聊抒贈行句。

湯西厓前輩自通政改授翰林掌院學士時奉使嶺南未歸馳詩寄賀兼述鄙懷八首

其一

眷注恩深出入偏，重看名籍冠羣仙。文章舊價新增重，不礙來遲十二年。先生于庚辰春，由編修改諫垣。

其二

久推公望稔公才，合到蓬山頂上來。品秩不殊銜特換，北扉班壓大銀臺。

其三

同時領教得名臣，程李欣傳拜命新。到此始知師席貴，錦袍分占兩家春。明弘治中，程篁墩與李西涯同時領教。西涯有詩云：「詞林盛事久相仍，師席逢君喜不勝。」今先生與少司空揆公奉旨亦同教習庶吉士，故云。

其四

望中一髮海天青，暫借文星作使星。莫被江山久留滯，無邊風月在頭廳。唐翰林承旨所居第一閣，亦名頭廳，在學士上。今之掌院，即承旨職也。

其　五

詞林故事聞前輩，誥勑元須巨手裁。便合還朝稱閣老，文淵内署待公開。舊傳文淵閣爲翰林内署，詔册、制誥皆屬焉，凡宣召文移，止稱翰林院，初不以内閣名。每日與閣臣會食，輪學士一人專掌誥勑，多挨次入閣者，故例稱閣老。今蘇州有閣老坊，乃吴匏庵爲學士時建。

其　六

石渠天禄校書頻，仍歲員多比積薪。我是史官頭雪白，末班猶領百餘人。編、檢俸深無過余者。

其　七

敢擬微之並樂天，才名官職兩殊懸。只除一事差相似，恰比先生老七年。白香山詩自注云：「予老微之七年」，今余與先生年齒相去亦爾，故得借用此事。

其　八

病中未奉休官檄，枕上先成寄遠詩。計日乞歸應有分，向來心事荷深知。

送同年宋山言視學兩浙

與君隣墻居，晤言實疎曠。隔墻見高樹，雙鵲巢其上。連朝傳好音，奉使開絳帳。余方移疾臥，君過問無恙。握手起踟躕，慰懷釋惆悵。吾鄉十一郡，山海饒氣象。自昔不乏才，名賢出輩行。讀書想前喆，指授不流浪。長老尊所聞，後生知所嚮。家家承榘矱，一一資藴釀。自從婺學衰，科舉變時尚。姚江矯斯弊，絶學揭孤倡。傳習到南雷，淵源大流暢。經經緯以史，文筆兩浩蕩。秀水朱竹垞及慈溪姜西溟，頡頏庶相伉。爾來復誰繼，耆老日凋喪。菑畬任榛蕪，多士將安仰。君生公相家，儒雅世宗匠。商聲振河岳，金石比清亮。人稱詩滿囊，自喜書壓捆。此行執文枋，獨力狂瀾障。梗柟豫章材，厥初視乎養。植根在績學，條蔓芟冗長。風先絶奔趨，名亦戒標榜。轉移良易事，勢捷登高唱。徒從制藝論，於衆非所望。吾今老且廢，記誦月就忘。尚思炳燭光，未肯頽然放。平生婞直性，語出常近謗。歸去作州民，菰蘆倘相訪。

院長自口外寄餉灤魚山蕨

山澤珍難二者兼，灤魚肥美蕨芽甜。銀絲斫鱠冰調水，錦帶宜羹雪點鹽。私爲飽餐慙過分，頻叨遠餉恐傷廉。年來口腹真相累，此疾從今也要砭。

兒建舊任束鹿令自補部郎每生日邑之士民不憚六百里走京師製屏幛爲壽遇余誕辰亦然無以酬之作詩以示不敢當之意

古有歌來莫，人今屬去思。不聞《循吏傳》，兼補《白華》詩。宦蹟清殊愧，民風厚可知。年年四五月，重璽到京師。

百日假滿歸心未遂排悶成篇

乞歸無路且遲遲，長告俄踰百日期。已是膏肓成痼疾，非關藥石少良醫。飛烏將子於誰止，兒建先以病告假，行有日矣。老馬爲駒只自嗤。轉覺君恩難報稱，俸錢三萬又虚縻。

偶閲雪闗酬和詩輒效其體作十偈寄晚香上人

其一

耶舍在孕七日，和修處胎六年。那論後先遲速，各人自有生緣。

其二

造物爲爐爲炭，衆生自灼自煎。本來無垢無浄，跳出湯泉冷泉。

其三

馬鳴廣造論議，阿難修集多羅。一字不圖遮眼，試教燒却如何。

其四

五百龍宫鶴衆，他生盡是門徒。切忌當頭着棒，且須開手還珠。

其五

業惑即迷即悟，慧根何淺何深。倚杖雖傷佛面，投鍼便契師心。

其六

塔上鈴鳴何語，墻頭旛動誰家。禁得毘藍風力，除非一角袈裟。

其七

一家眷屬何有，木魅水怪山魈。雖則門風高峻，就中容得波旬。

其　八

法要不關衣鉢，禪宗易雜龍蛇。東方入世避世，康樂在家出家。

其　九

童子燒香掃地，厨人篩米搬柴。此段作何消受，老夫念佛持齋。

其　十

八萬四千偈子，猛逢毒手多删。截斷口頭語句，請師另逗機關。

久旱得雨

聽説今年旱，南連兖豫愁。遺蝻仍出地，宿麥已無秋。得雨寧嫌晚，如膏幸徧流。黍苗多望澤，莫但洒皇州。

雨中院長送塞山赤藤杖至兼以詩索和次原韻[一]

孔光靈壽儗非倫，冒雨猶煩送杖人。倚賴扶持防滑路，料量筋力好抽身。鳩知祝咽先濡味，龍欲騰梭早濯鱗。不向街頭輕曳出，撥開雲霧即狂塵。

〔二〕「塞山赤藤杖」,《原稿》作「老鴉木拄杖」。

題徐壇長庶常竹趣圖

泉聲絶磵秋咽,霜信空山早寒。何物不當摇落,此君獨占檀欒。畫中千个萬个,賦裏三竿兩竿。留取數間茅屋,從教日報平安。

題陳希聖然藜圖

閒抛萬卷在巾箱,多爲官書校勘忙。眼大如箕君莫怪,已將藜火比螢光。

題達履中東郊尋梅圖

黄埃高壓城頭山,老夫畏暑方掩關。何來一幅好圖畫,彷彿置我羅浮間。圖中之人貌冰雪,格與苔枝兩清絶。從知托興在高寒,不怕侵肌有炎熱。因君棖觸動歸心,欲和孤山處士吟。明年君放西湖棹,但向梅花多處尋。

夏冰

一派方諸水，來從石上流。物無堅不化，性有重還浮。耐冷誰能踏，乘炎勢易酬。夏蟲渾可語，吾欲詰莊周。

余歸志已決而行在信至院長固欲相留再呈一律以申前請

世味酸鹹別，歸心老病交。寧忘魚在藻，其奈鶴思巢。古有成人美，吾非解客嘲。願公全末路，道在《遯》三爻。

自怡園荷花四首

其一

一片頗黎上下空，芙蓉城現水精宫。已離大地炎埃外，尚在諸天色相中。未免情多絲宛轉，爲誰心苦竅玲瓏。雲烘日炙如相試，賴是清涼不待風。

其二

雕闌北面小亭旁，久坐真成透骨香。翠羽拂奩開皎鏡，緑衣扶扇侍紅粧。繁華肯鬬春三月，澹蕩偏宜水一方。馬跡車輪尋不到，别依净域作花王。

其三

菰蒲響雨午瀟瀟，盡洗胭脂取寂寥。一鷺偶依疎影立，雙魚忽破静機跳。輕橈劃浪紅翻岸，高柳移陰碧過橋。宛在中央情脉脉，微波咫尺去人遥。

其四

菱角鷄頭漸滿池，亭亭獨擭出塵姿。難留雨露珠頻瀉，自拔泥汙性不緇。老衲山中移漏處，佳人世外改粧時。白頭相對歸心切，欲捲江湖入小詩。

長律一章寄祝座主清溪徐公九十壽

吴興自昔多耆舊，人瑞今歸九十翁。古殿靈光尊海内，歲星朗耀在江東。龍門傳裹張丞相，《淇澳》詩中衛武公。落落乾坤誰行輩，明明朝野屬宗工。韓歐著作奇而正，顔謝篇章麗且雄。細入管城抽虎僕，健踰弩矢射牛蝓。文壇地望高于位，談吐光芒亘若虹。《白雪》調孤卑郢曲，朱絲絃直叶廂桐。主張聲氣能延攬，領袖儒紳待發蒙。李泌藏書借諸葛，蔡邕秘本得王充。頌琴拂拭知《黄鵠》，老研摩挲辨帝鴻。却對友朋心轉小，愛聽絲竹耳逾聰。人稱恭謹成家法，客許周旋合禮衷。什襲有囊多錦製，留題無壁不紗籠。偏栽桃杏開芳徑，新茁芝蘭壓舊叢。雅量風清兼月白，閒情澗碧與山紅。陸龜蒙里移茶竈，張志和家續釣筒。峰倚百寮如畫幛，泉疏半月是清潀。居鄰崑閬差相亞，道在神仙必可逢。憶昨歲當京兆試，吾師力具大臣風。如綱獨挈收羅廣，比鏡虚懸藻鑑融。拔茹心傾非黨援，掄才典鉅本公忠。肯教謗談淆清濁，特荷君恩見始終。存問屢承中旨渥，晉階還校在朝隆。壺漿出境迎千里，几杖同時授兩宫。已勑天厨供飲膳，復頒宸翰示褒崇。衣冠盛事推華皓，扶掖餘榮逮僕僮。八洞雲霞雙蠟屐，五湖烟月片青篷。種魚蘋末看羣戲，養鶴松梢待上翀。自信結胎從混沌，寧煩訪道到崆峒。千莖雪變丹爐火，百煉鋼銷赤堇銅。下士口傳非要訣，至人踵息有深功。蕊珠乍轉時三扣，瓊液閒拋偶一中。黄髮高堂老宗伯，黑頭子舍大司空。抱來膝上皆文度，呼出尊前悉任童。成器固知由哲匠，學箕旋喜作良弓。虞庠又見孫曾入，洛社稀聞橋梓同。兩寺高僧招遠永，《五君》新詠削濤戎。阮宗大小分南北，裴眷東西合毳种。雨過籬根采黄菊，霜餘渡口賞丹楓。小春晴暖梅先報，十月温和水未凍。叶平。屏展彩蟾金的皪，杯浮緑蟻玉玲瓏。遠從翠島尋琅菜，近向玄都覓綺葱。賤子受知非一日，微官托跡類孤蓬。執經曾附三千士，筭曆俄周十二蟲。常願籃輿隨靖節，敢云藥物備行冲。升沉分已安岐路，進退心惟撫薄躬。寸簡迢遥馳北闕，瓣香親切奉南豐。秋來準擬求長假，歸去猶思效祝嵩。屈指稱觴期可剋，門墻雖峻往來通。

寄祝梅定九徵君八十壽安溪相國屬和

數參河洛在先天，絶學今猶見一賢。訪道早承君相問，著書老望子孫傳。管中窺豹知千古，杖頂安鳩又十年。翁本西京仙尉後，世家仍合號梅仙。

題王石谷杏花春雨圖

溪光汎汎山濛濛，杏花十里五里紅。此時江南新雨足，農事未起春方中。我愧不如把釣翁，小舟閒泊菖蒲叢。又愧不如丱角童，騎牛踏徧村西東。無端乃被一官縛，坐令畫圖之景到眼成虚空。還渠自向高堂挂，報我歸期行已届。但吟初白老翁詩，何必耕烟散人畫。

安溪相國見示紀家難述舊德詩敬題長律五十二韵

相國勳猷盛，旂常日月邊。廟堂調鼎鼐，寰宇靖氛烟。却自承平際，追思開創年。安溪城僻左，瘴海地連綿。劇盜營三窟，官軍敗兩甄。縣疆騷永德，郡界躪漳泉。挺險猿猱捷，潛蹤蜂蠆懸。最難防出没，多是困迍邅。村落胥波蕩，深山亦蔓延。公家時避匿，叔姪被拘攣。弱肉疇能保，强宗孰與聯。間關歸仲父，急難見英賢。虎口危將探，鴞原痛莫湔。試憑三寸舌，行挾一空拳。本擬辭相奪，終知怙不悛。脱身思變計，除惡要兵權。豈有田横客，俄揚祖逖鞭。一呼童僕應，兩志弟昆堅。買劍招莊户，椎牛出牧田。誓詞情款款，義憤涕漣漣。首以身衝賊，誠堪十當千。拔弧惟恐後，集矢共争先。是夜昏迷路，其時霧塞天。彼愚驕恃衆，我怒勇躋巔。岩谷聲摇動，風雲氣接連。夢魂兇膽裂，頭尾亂屍填。鼠穴還深闢，烏巢又繼燃。曳柴妻子棄，委壑糗糧捐。牙蘖俱殲矣，根株務拔焉。向來投死地，何敢冀生還。失喜經年陷，仍看十口全。親朋篩酒會，官長插花筵。赴敵雖倉卒，成功詎偶然。衣冠森介胄，臂指儼戈鋋。遂使鴟張勢，翻爲撲滅緣。節奇因險著，事往賴人傳。屬者當藩逆，先生適錦旋。料其情必衂，聊復分相牽。懇切迎師表，辛勤伐叛箋。蠟丸宵入奏，露布曉遐宣。自爾蒙恩重，因之嚮用專。畫轅開八座，黄閣入三遷。忠孝培逾厚，流風久慮湮。伏陳家世事，仰荷聖衷憐。賜額旌閭里，分榮賁豆籩。鄉評公可采，國史實宜編。表表推名杰，煌煌紀大篇。時無門比峻，家有筆如椽。閱歷干戈畔，分明指顧前。境真由目擊，痛定尚心悁。示後言何苦，光前道不愆。會須鐫琬琰，餘澤永栝棬。

雨中過林鹿原梁園寓齋三首

其　一

西家井底窺天小，東家樓前瞰地寬。一雙病眼無處豁，且冒雨出尋蘇端。

其　二

人言進士不得進，用太白語。自詭書家嬾侍書〔一〕。呼朋日飲坐無事，豈謂有愁煩破除。

〔一〕「書家嬾侍書」，《原稿》作「中書不中書」。

其　三

梁園水通虎坊橋，及見老柳垂千條。三十年來太摇落，憑欄雨急風蕭蕭。

客有笑余乘驢車者賦此答之

遇酒逢花便出遊，蹄間一尺駕輕輈。泥塗安穩偕僮僕，灰洞馳驅讓馬牛。得免徒行猶有愧，更争先路欲何求。冗官只算騎驢客，老向天衢閱八騶。

顧俠君庶常招飲晚翠閣次東坡白鶴峰新居將成夜過翟秀才二首韵

其一

怪底東吴顧文學，才名今始透春闈。偶移種竹栽花地，如在廉泉讓水間。更上一層宜有閣，特開西面爲看山。滄州酒釅南烹潔，每到君家醉飽還。

其二

萬卷書多插架仍，肯教輕棄短檠燈。簾前凉以三更雨，屋裏清于六月冰。朝爽不名名晚翠，閒官何似似高僧。依稀宣北坊西角，鴻爪留泥我亦曾。癸酉夏秋間，余寓居此巷。

院長寄馬尾蠅拂子

千條宛轉綰初成，便有風從繞指生。柄短不勞犀作骨，尾長仍借麈爲名。禪門付法今尤濫，人世清談久見輕。欲效驅除苦無力，青蠅當暑正營營。

寄祝胡東樵八十壽清溪大司寇屬賦二首

其一

吴羌山色鬱然青，中有元家野史亭。人指所居爲福地，天留此老應文星。河汾業盛傳三世，夾漈功高在六經。千尺喬松多美蔭，重看蘭玉繞階庭。

其二

尚書北面舊稱師，司寇公少受業于先生。碩果西吴更有誰。著述久歸三館貯，才名曾受九重知。烟波放艇懷清霅，風雨連牀記莫釐。庚午秋冬，先生在洞庭東山書局，余獲追隨。見説精神猶健在，杖朝不異杖鄉時。

立秋前一日馮卯君同年招遊樵沙道院

抱痾倐半載，閒居治幽憂。故人憐我衰，招赴城南遊。樵沙古道觀，風氣清瀏瀏。東南烟靄交，野色翠若浮。短墻俯而瞰，下有瓜芋疇。入門樹干霄，檜柏榆槐楸。凉蟬一聲嘒，天地颯以秋。微颸自北來，大火方西流。談諧雜坐卧，几席兼衾裯。豆籩既静嘉，旨酒亦思柔。二馮乃舊好，卯君、留士。施渟如。唐斯萬。洵良儔。兒孫胥在眼，弟姪互勸酬。置我于其間，頽然一白頭。主人誼良厚，欲起每被留。試問勢利交，有此摯性不？浮雲翳空虚，聚散豈自由。且爲六時樂，用豁窮年愁。

題四明萬開遠冰雪集後故友貞一之子也

孟郊殁後千餘載，苦語何人更别裁。風雅道衰無至性，海山地大得奇才。翻瀾涕淚隨聲出，徹骨冰霜煉句來。竊喜故人還有子，一編浮白爲渠開。

題亡友吴商志遺像

每過南湖畔，傷心是勺園。吾猶識前輩，君克肖家尊。余少時侍先大人於禾郡，及見尊甫培園先生。彷彿生前影。凄凉葬後魂。風塵莽回首，耆舊更誰存。

立秋後七日偕周桐野宫恕堂錢綗菴張日容繆湘芷林鹿原顧俠君郭雙村家查浦潤木兩弟再集樵沙道院用白香山遊開元觀韵

未忍别朋友，乃如戀京師。循環互主賓，荏苒淹歲時。自我爲此會，四三年於兹。中間小聚散，比復相追隨。心閒耳目清，地曠花卉滋。手擕白藤杖，笑倚青松枝。林風有餘凉，襟袂快一披。蓴收鞭白日，西走不稍遲。顧惟衰病身，乞歸行有期。但恐出處跡，從今遂參差。兄弟幸無遠，是日潤木治具。羣公莫告疲。聊希達士達，仰托知音知。

題明興安州牧金公與游擊唐通手書後公諱之純字健之黄州廣濟人

公守興安日，明當甲戌年。廟堂全局壞，山谷一城堅。餉匱雖難給，民貧實可憐。飛書留片紙，辛苦想籌邊。

德尹舉第二子同學數人醵錢爲湯餅之會席上口占四首

其一

湯餅筵前賀客俱，争誇老蚌出雙珠。大兒已識之無字，箇是徐卿第二雛。長名佛抱，今年已上學。

其二

又見添丁喜可知，銜筵不怕衆賓嗤。一錢舊是看囊物，半月前頭助洗兒。

其　三

兒生亦是壬辰歲，恰後而翁六十年。便作小同呼也得，可憐花甲一周天。

其　四

吾年十九初生子，子又生孫已就婚。余長孫興祖三年前已就婚雲夢。慙愧比渠多兩世，滿頭白髮望曾孫。

種竹詩四首次晚香長老韵

其　一

竹本淇渭材，移根到燕土。有如傳衣人，微命絲一縷。「傳衣之人，命如懸絲」，五祖囑付六祖語。買栽當六月，正值濯枝雨。生意盎然回，定僧爲起舞。

其　二

瘦鞭走空庭，無筍可汝口。齋厨貧少味，待得明年否？未訂歲寒交，聊充消夏友。青冥長在望，苦節須自守。少陵《苦竹詩》：「青冥亦自守。」

其三

袖銜《種竹》詩，戴笠晨過我。秋涼約往看，我意大肯可。詩好書復佳，展開風滿坐。因之悟畫理，如對鐵鈎鎖。

其四

痴人戴凱之，作譜搜方志。欲收山谷産，盡作樊籬寄。寓目何用多，三竿兩竿翠。竹如領此語，爲我發清吹。

院長寄惠鮮鹿脯及柘緑魚腊僕以轉餉周桐野明日枉詩見謝奉答四絶句亦如來詩之數

其一

柳貫紅腮火燎毛，賜腥曾記潤脂膏。而今老病如枯腊，地主恩同菜把叨。

其二

即鹿何須更入林，得魚原不費敲針。殷勤爲謝南來使，已少臨淵見獵心。以上二首寄院長。

其　三

水陸郇厨厭飫頻，腹腴尾血取鮮新。勿嫌薄饋分乾噬，也當貧家作主人。

其　四

不負漁師與獺師，從旁指動爲觀頤。朝來齒頰回餘味，博得先生四首詩。以上二首，奉答桐野先生。

桐野又示七律一章謂前詩不必寄院長再次來韵

懷珠戴玉互成文，《本草》：「鹿戴玉而角斑，魚懷珠而鱗紫。」直作詩題遠見分。綱出千絲辭密藻，射來五色想堋雲。雪斑味美秋方足，柘緑名佳古未聞。義合及賓吾敢靳，要傳新句滌辛葷〔一〕。

〔一〕按，《原稿》有小注：「口外多胡荽、葱薤，故云。」

題杜子綸庶常填詞圖二首

其　一

點拍吹簫色色工，梨雲一研雨聲中。風流爾許真堪妬，自琢新詞教小紅。

其二

早是人歌《緩緩歸》，誰搓柳汁染郎衣。杏花韉汗桃花雨，懊惱樊川杜紫微。

送楊冠三同年赴任餘杭兼訂徑山之遊二首

其一

秋野鷄豚社，春山茶笋鄉。居人力農圃，賢宰好文章。衙鼓聲前卧，爐烟爇後香。城偏迎送少，幽事滿琴堂。

其二

暫作修門別，旋期故里逢。君方行綰綬，我欲去擕筇。西上通雙徑，南來控獨松。洞天兼福地，一一屬花封。《道書》：「大滌山爲洞天之一，天柱山爲福地之一。」皆在縣治内。

爲人題舉網圖

翠柳陰中水不波，長魚如劒亦如梭。箄來大有幸不幸，入網無多出網多。

題王石谷瀟湘雨意圖卷

平生愛看王老畫，筆蹤幻化無端倪。畫石畫水兼畫竹，世罕其匹古與齊。不師文與可，不學吴仲圭。墨君粉本何處得？乃在洞庭南北湘東西。似聞瀟湘間，陰多晴少雲淒淒。湘君去後湘竹怨，留取萬古斑斑啼。鷓鴣昏昏喚作雨，山菌竹鷄一名山菌子。滑滑呼成泥。九疑劖天不可梯，居人寥落行人迷。我昔南遊身未到，側聞人説往往猶含悽。今觀所畫殊不爾，洒落别自開町畦。山舒水緩橋平堤，步有舟航林有蹊。籬門茅屋幾家住，翠色不受纖塵翳叶平。嵐光深淺葉濃淡，地勢起伏叢高低，展之尋丈卷盈握，疑有煙雨隨提攜。乃知善畫取大意，信手故自忘筌蹄。適逢好事者，持卷乞我題。我詩不入《竹枝調》，恍然如坐篔簹谷口蒼筤谿。

同年劉大山生子名曰阿雷索詩爲贈

種樹期開花，花開實斯榮。實以況男子，花以比女嬰。憐君五十餘，形影猶單惸。前歲甫生女，去冬兒復生。兒當未生時，厥兆先通靈。筮《易》卦遇《震》，生以雷爲名。吾觀《易》示象，《震》來遠邇驚。一索而得男，衆口傳轟轟。配天爲《大壯》，剛健含利貞。配

《坤》則爲《豫》，喤喤奮陽聲。配《坎》則爲《解》，甲拆敷荂英。配《巽》則爲《恒》，人道以久成。配《艮》爲《小過》，應時與偕行。配《離》則爲《豐》，日中照乃明。配《兑》爲《歸妹》，長少義交并。于《益》取日進，於《隨》取元亨。于《頤》節飲食，于《屯》驗滿盈。《无妄》貴无災，《噬嗑》貴慎刑。大哉《復》之義，《剥》極陽始萌。凡兹諸吉祥，皆於《易》理呈。皇天不汝薄，釋抱來寧馨。特從憂患中，用此慰汝情。汝可不知足，一官何重輕。嫁女雖乏財，教兒頗有經。祝兒日千里，躧步陵公卿。他年聽雛鳳，或比老鳳清。

商丘宋冢宰八十壽讌詩

世澤扶陽厚，重傳嶽降神。中原留碩果，四海一完人。開府專旄節，還朝領搢紳。遺榮辭魏闕，予告就商賓。風月香山社，鶯花洛水濱。懸車時未晚，賜馬齒長新。坐握高談麈，行扶大雅輪。耆英來汝許，子姓列荀陳。詩好人難和，心虚士樂親。位兼名並重，時與物皆春。養鶴千年頂，瞻松百丈身。飛觴同賀歲，遥祝釣璜辰。

同年盛東田餉青筭徑茶賦謝

楊侯謂冠三。出宰餘杭縣，與訂歸期又涉秋。好友忽攜鄉味到，老夫如作徑山遊。青尖色嫩初開箬，緑片香清欲泛甌。一首新詩消得否？齋厨無物可相酬。

題東田志行詩草後即次見投原韵

同年來詩人，莫逆笑相視。唱酬日不隔，冒雨煩傔使。虛懷荷見推，倒篋啓行笥。百篇快披閱，口諷手弗置。爽氣颯然生，高冥偕抗志。君才洵敏妙，奎合清殿侍。五十甫成名，一官迨需次。蹉跎感顔狀，磊落示標致。往往激壯心，時時吐沈思。古音非近賞，至味有同嗜。六義世誰陳，於君識風刺。簿書何足擾，野馬過浮吹。顧惟醖釀深，根柢皆有自。試以《易》理推，十年貞乃字。東田於癸未成進士，今十年矣。

題天山坐鎮圖送胡洛思僉事備兵肅州

按圖舊識西陲遠，入畫今看使節閒。雪點旌旗秋出塞，風傳鼓角夜臨關。地連張掖燉煌界，人在輕裘緩帶間。一片孤城歸坐鎮，不煩三箭定天山。

題陳季方詩册

詩風日以盛，詩義日以乖。忽於波靡中，豁達耳目開。之子非絶俗，而難與俗諧。所關學不學，豈繫材不材。春華人亦賞，秋實人亦采。華實所以然，根株故有在。遥遥古今宙，相望恒相待。方謂老眼空，快心今獲乃。五十有九章，章章非苟作。犂然見比興，諷諭于焉託。此中有餘味，深淺視斟酌。子既啜其醇，吾言特糟粕。

兒建乞假挈累先歸老人行期未定悵然有作

委蜕兒孫去，惟留病伴吾。未能辭逆旅，翻與念長途。短夢江湖闊，餘生出處孤。殷勤木上座，歲晚好相扶。

題朱漢源佩劒圖

平生蚤識朱公子，要腹便便貯經史。無端結束佩吴鈎，繪作戎裝稱壯士。高步名場三十秋，看人談笑取封侯。知君與世無恩怨，賣劒何妨去買牛。

東田同年忽戒作詩昨日過我賞菊醉後復破戒以詩來索和章戲次原韵

聞君戒作詩，枯寂徒自窘。我思破其戒，堅壁恐未允。試以酒誘之，徐徐俟激軫。半酣不自禁，大白果連引。妙語發天機，瀾翻吐難忍。明朝傳急足，一笑啓吾胎。黄花開正繁，虚坐前後盡。落英尚可賦，有味出咀吮。

藥酒初成

老人冬來如蟄蟲，坯户況值蜚廉風。藥爐新煮藥酒熟，氣觸鼻觀香先通。披衣起坐暖寒冽，卯飲一呷回春融。氣衰形耗百病作，豈有草木能相攻。此身略似受霜葉，藉爾暫發衰顔紅。

謝院長惠人葠三首

其　一

一兩黄參直五千，囊空欲致坐無錢。朝來忽荷盈觔賜，補貼貧官俸兩年。

其　二

祖陵地脈禁私刨，都市居奇價日高。翻惜聖朝多棄物，三椏五葉委蓬蒿。

其　三

四大相纏豈獨風，難憑神草證神功。七年病要三年艾，還在醫王藥籠中。

老人夜卧患足冷以錫爲壺貯熱湯二三升許納被窩中資其餘温可以達旦俗名湯婆子宋王晦叔有咏脚婆詩黄山谷詩中所云暖足缾即此也冬來用之甚適戲贈以詩

貧家奉身薄，外物罕所需。獨宿踰十年，布衾温有餘。匡床劣容足，伸縮頗自如。冬來忽畏寒，始嘆氣血枯。雖無重腿疾，未免愁攣拘。何法能療之，範錫成圜模。形如大口盎，又若平底盂。口大有受理，底平無覆虞。沸湯貯三升，脱襪加雙趺。居然似踵息，陽氣回徐徐。豈徒活筋骸，漸爾柔肌膚。宵卧可達曉，晨眠容及晡。我欲老是鄉，是鄉勝華胥。既非燕玉比，杜詩：「暖老須燕玉。」且與渥朴殊。東坡詩：「晴窗暖足來渥朴。」醉醒惟獨覺，冷暖寧關渠。婆兮古所名，聊作爾汝呼。無情亦無想，義出《楞嚴經》。老婦得老夫。

送盛東田出宰興化四首

其一

名士誰如盛孝章，可人風味是清狂。故應天與佳山水，生長山鄉宦水鄉。盛爲杭之臨安人。

其　二

范老留題剩古苔，官情多委簿書堆。濯纓亭外馴鷗地，又得詩人管領來。濯纓亭，范文正公宰興化時所建，公又有《南溪馴鷗》詩。

其　三

千里攜家喜可知，免教鈎棧走嶔崎。他時檢點《還朝集》，惜少騎驢入蜀詩。東田初掣授四川富順縣，後改調興化。

其　四

二三千頃菰蒲緑，六十四陂菡萏紅。縣有八湖六十四蕩，五六月間，荷花最盛。花裏尋君知不遠，過淮只使半颿風。

桐鄉友人至傳長孫興祖舉子及接家信乃生女也口占解嘲二首

其　一

誰把維虺比夢熊，傳訛幾與弄麞同。笑將鏡鑷投諸地，等被人呼作太翁。

其二

弱女非男却勝無，苦催吾景赴桑榆。可憐孫又爲人父，二十年前膝上雛。

送德尹典試廣東二首

其一

平生三度嶺南遊，此去星軺速置郵。榮路人皆艷科目，官資爾已壓時流。詞垣升轉，近皆論俸，惟試差開列，尚依舊制論資，德尹名在第一。不愁寶劍光華掩，須信芳蘭氣味幽。還恐高鴻在寥廓，張羅藪澤詎勝收。

其二

七千里外動征輪，寒薄重裘雪洗塵。疎柳愛飄江上笛，早梅催發驛前春。名場後進雖多士，詩社前遊頓少人。時藥亭、元孝、翁山俱下世。珍重老兄留眼望，蘇家門下要張陳。文灊、無己，皆子由門下士也。

殘冬展假病榻消寒聊當呻吟語無倫次録存十六首

其　一

卧看星回晷景移，流光冉冉與衰期。人言宦海藏身易，自笑生涯見事遲。夜似小年寒漸信，病非一日老方知。惟餘蓴菜思歸興，蚤在秋風未起時。

其　二

憶昨公車待詔來，微名忽忝廁鄒枚。主恩不以優俳畜，士氣原於教養培。身作紅雲長傍日，心如白雪漸成灰。依稀一覺遊仙夢，初自蓬山絶頂回。

其　三

茫茫大地託根孤，只道煙霄是坦塗。短袖曾陪如意舞，長眉難畫入時圖。移燈見蠍寧防毒，誤筆成蠅肯被汙。竊喜退飛猶有路，的應決計莫躊躕。

其　四

雨露榮枯共一天，塵沙聚散幾同年。車摧却怪蓬猶轉，玉碎何圖瓦幸全。螘穴冰封殘雪後，雁程風緊夕陽前。故人珍重留行意，謂揆、湯兩院長。回首觚稜自惘然。

其五

盡遣兒孫歸故里，尚留弟姊伴他鄉。囊空預借三年俸，禄入粗供四口粮。隨身止三僕，近領俸米六石，足支半年矣。舊積詩逋呵凍了，近添酒債典衣償。蕭然此外無餘欠，領取南窗枕味長。

其六

一榻中安四面虚，放朝渾似放參餘。篋中棄扇蟲緣網，案上停燈鼠避書。過隙光陰隨夢去，就衰筋骨向陽舒。重簾可有纖埃到，敝帚殘箕罷掃除。

其七

腷膊聲中好送寒，偶然爲客設碁盤。後來或者居人上，先處無如占地寬。黑白當前饒勝筭，高低隨分有争端。老夫兀兀支頤坐，看似分明下手難。

其八

科詔加恩典不常，征軺就道輩相望。抱經佚老頭多白，拾芥羣兒口半黄。慘澹風雲憐入彀，冬烘頭腦怕當場。退身引疾猶多愧，我昔曾荒陸氏莊。予自丙戌後，試差俱辭免。

其九

海内連年喪老成，南傷秀水竹垞先生殁于己丑秋。北新城。阮亭先生于去年下世。讀書自要師前輩，知己誰能託後生。此段人情看爛熟，向來士習例相輕。笑他江左衣冠族，誓墓區區爲角聲。

其　十

地降天升氣不交，羽禽何物尚膠膠。霜濃四野鵶争粒，葉秃千林鵲露巢。各有經營寧得已，未知辛苦定誰教。息黥補劓勞生事，蓋頂終須一把茅。

其十一

經旬坐穩一蒲團，纔閲朝寒又晚寒。藴火梅欣先臘放，避霜菊耐涉冬看。散花菴裏新居士，視草臺中舊史官。勿着兩般分别相，大千世界本來寛。

其十二

不畏羣嗤不受憐，孤行一意久彌堅。敢誇願大難成佛，肯舐丹餘蚤得仙。方朔文章多詭俗，放翁家世少高年。《劍南》詩：「家世無高年，我今六十翁。」色經指訣全抛却，人壽終非草木延。

其十三

宜忌拘牽十二三，靈苗毒草比粗諳。性存薑桂何妨辣，味到芩連不取甘。好友勸嘗真苦口，庸醫隔膜漫多談。古方難適今時用，此理如禪在細參。

其十四

却病奇方乃避囂，遠坊兩板閉蕭條。室無歌妓何煩遣，鄰有鄉僧不待招。謂借山。石鼎濤生茶正熟，銅爐灰陷火潛消。鷄鳴漏盡人誰覺，又聽門前過早朝。

其十五

叢書三館校讐忙，訝許閒情付墨莊。樗本不材良匠棄，屠非絶技善刀藏。冬菹剩飽園官菜，歲賜删除博士羊。轉益從前素餐愧，大庖珍膳日分嘗。

其十六

童時了了記觀河，六十三年忽已過。眼暗耳聾知老否，葛凉裘暖奈身何。一帆去國談何易，萬卷無家累亦多。愛惜精神圖省事，明年兼擬謝詩魔。

自題癸未以後詩藁四首

其一

七年供奉入乾清，三載編摩在武英。兩臂病風雙眼暗，枉將實事换虚名。

其　二

論卷排成手自删，多慙小草落人間。迷藏賴有南山霧，莫便輕窺豹一斑。

其　三

橐筆曾經侍兩宫，可憐無過亦無功。未應奢望《儒林傳》，或脱名於黨部中。

其　四

拙速工遲任客誇，等閒吟徧上林花。平生怕拾楊劉唾，甘讓西崑號作家。

題鄒古愚望日圖小影二首

其　一

鄒生真與古爲徒，人謂生狂自號愚。不戀桑榆收晚景，却回巖電向東隅。

其　二

君如要看榑桑日，試上鷹窠萬仞巔。只合俯身臨碧海，何須仰面望青天。吾鄉鷹窠頂東臨大海，寅卯之交於水底見日。

歲杪自嘆二首

其一

短景侵尋白髮前，歸心歸夢日相牽。人間雀鼠工嗤點，伴食官倉又一年。

其二

天生物性故難齊，健水東流弱水西。不信羚羊能挂角，如今只有觸藩羝。

周桐野前輩以隋龍藏寺碑拓本見貽二首

其一

一千二百僧祇劫，龍藏今無片瓦遺。不有歐陽能集古，空勞佛力護殘碑。

其二

翠墨椎來體尚全，書家名姓惜無傳。唐賢風骨依稀似，得法歐虞褚薛前。

敬業堂詩集卷四十一

待放集起癸巳正月，盡六月。

移疾經年，遲遲去國，恭遇聖天子萬壽之期，既隨班朝賀，復申前請。又三閱月，始蒙恩允歸。古人以道去國者，待放于郊，得玦乃去。《春秋公羊傳》則謂「大夫已去，三年待放」。噫！毋乃太濡滯乎？得玦而去，斯可矣。

韓幹放馬圖次東坡題李伯時所藏韓幹馬七言古詩韻圖爲

同年薄勺庭所藏，絹本，無款。孫少宰北海題其後，謂是韓幹筆。

一如鶴啄長鬣垂，一如狼顧尾撒絲。其一昂頭立而嘶，欲前不前耳卓錐。眼中空闊視八極，跼步尺咫胡由馳。薄言坰者在坰野，絡腦且脱黄金羈。人間皂櫪或老病，天上閑厩誰權奇。攻駒考牧兩無預，造物一聽相雄雌。圉官大得閒放意，觳觫逞問牛何之。吁嗟乎！隙中過景越千載，畫肉畫骨空毛皮。東川清絲況寸裂，縱復神駿疇能知。斯圖即謂曹霸可，弟子未必賢于師。

今年擬不作詩復爲友人牽率破戒口占自解

年來百事多頹廢，何必於詩苦用心。正爾苦心誰復識，堯夫自有《打乖吟》。

院長湯西厓前輩出示與副相揆公贈答詩索余次和六首

其一

皇華候騎走駪駪，萬里還朝倡和新。何物堪持比詩境，冰壺玉鑑兩無塵。

其二

好士重聞六館開，中間一館是翹材。春風入座人人愛，只待先生下直回。

其三

第七車中博物餘，承明顧問在星廬。不知三篋三倉外，可有平生未見書？

其　四

白楊巷與青楊巷，多少車前騶唱聲。何似神仙雙學士，對騎官馬出郊行。時揆公以副相兼掌院，故得並稱學士。

其　五

文壇宿望與資深，吟徧西垣又苑林。三十年來同調盡，却從少和識孤音。《後漢書·孔融傳贊》：「越俗易驚，孤音少和。」

其　六

翽翽和鳴屬兩公，《卷阿》風入雅音中。枯桐入爨還邀賞，草木終憐臭味同。

題徐去矜侍御日南種菜圖

不費園官送，渾疑老圃家。苗民分匕箸，童子劚烟霞。飽喫三年菜，閒看四季花。還朝無俗物，堪作畫圖誇。

癸巳仲春上丁文廟分獻紀事四首

其　一

森森老檜上參天，路入橋門氣肅然。齋宿忝隨丞相後，先一日，隨太倉相國省牲閲祭品。趨蹌獲在聖人前。元音唱歎餘琴瑟，古器駢羅識几筵。兩度春秋遞分獻，一門兄弟儼差肩。去秋丁祭，家弟嗣瑮與分獻之列。

其　二

鷺縗翟羽互飛翔，樂舞同時綴兩行。道在羹墻榮北面，禮成盥薦屬東廂。千秋世裔綿吴國，言子舊封吴侯，其裔孫德堅去冬始襲經博。十哲新躋列紫陽。朱子去春躋十哲，配享廟堂。以上兩賢，余分獻之位在焉。到此始知儒者貴，遥遥今古幾升堂。

其　三

自堂徂廡又趨階，升降循環往復迴。想像軒懸非一代，摩挲石鼓已三回。二十年前爲博士弟子，十年前釋褐。頭銜分去聲。出資郎下，班次猶煩博士陪。宋祥符中，孫奭上言，釋奠舊禮以祭酒、司業、博士三獻，新禮以三公，近歲止命獻官三員兼攝，請備差太尉、太常、光禄卿三獻。詔可。今至聖前，則大學士行禮，十哲分獻，用翰林資深者二員，本監監丞博士二員，猶隨分獻官後，蓋參用宋時新舊禮也。絶勝恢諧飢曼倩，殿庭割肉早歸來。

其四

題名釋褐幾何時，衰至人嫌拜起遲。奠斝時，余拜起稍遲，以致敬也。導引官遽相催迫，故云。位定瞽宗寧敢讓，致齋所序坐，分獻官在太常卿之上。事關籩豆豈無司。明朝尚舉分膰禮，他日誰陳齒胄儀。白首詞臣稽掌故，盛朝文物古爲師。

二月二十日雷雨之後忽復嚴寒枕上口占

老子慵貪卧，家童起報晴。朝來冰復合，昨夜蟄初驚。寒暖渾難定，陰陽動必爭。庭花經手種，榮悴也關情。

後二日雪

欣欣逢歲閏，靄靄及春陽。早是經雷雨，如何更雪霜。天心寧好殺，物性自多傷。草木如知候，勾尖幸宛藏。出《史記·律書》。

恭祝皇上萬壽詩四章

其　一

鳳紀龍飛五十年〔一〕，周天景運正中天。衆星拱極雲霄上，萬國瞻光日月前。難老祥徵仁者壽，誕生聖在佛之先。欲知帝力占甿俗，《擊壤》吹《豳》徧八埏。

〔一〕「五十」，疑誤，《原稿》作「六十」。

其　二

爐香馤馤護楓宸，花甲循環曆象新。玉燭萬年三月節，鴻鈞一氣四時春。闢門典曠收羣士，錫福疇多及庶民。黎老祝釐還自賀，兒孫同作太平人。

其　三

厚澤深仁物物霑，筭從動植到飛潛。日晅風動恩威並，秉鉞垂衣創守兼。久運乾行神倍王，屢辭尊號德彌謙。太和宇宙無彊慶，長願春隨閏歲添。

其　四

極盛皇猷冠古今，無涯聖學仰高深。已隆咸五登三業，猶廑堯咨舜儆心。天大固知難繪畫，人歡争欲效謳吟。小臣拜手情尤切，十載蒙恩在禁林。

題石門斧鈞天日籩鼓篋圖二首

其一

《文賦》行當擬陸機，鈞天年甫二十，故引用少陵詩中事。暫從鼓篋别庭闈。同朝幾輩來相問，五十年前父執稀。尊甫中丞公，甲辰進士，至是恰五十年。

其二

過庭家學本傳《詩》，都講風流又一時。三百諸生多避席，愛聽匡説解人頤。

山野老人遠來祝萬壽者以千計目覩盛事紀之以詩

長世人多壽，親承異數加。使年踰甲子，問俗及桑麻。跪進觴停輦，歸簪帽有花。賜酺還賜杖，好向後生誇。

雨後過自怡園看海棠同院長作時余復請假

不記名園裏，搴芳醉幾回。偶逢新雨過，又報海棠開。此地嗟春晚，當時見手栽。勿辭燒燭看，爲是別花來。香山詩：「七十三翁難再到，今春來是別花來。」

四月朔大雪

大雪灑庭柯，春光九十過。急催花落盡，亂雜絮飛多。燕壘融還凍，鶯吭噤不歌。紛紛蜂與蝶，争奈苦寒何。

送同年海天植前輩視學雲南

八千餘里皇華使，二十多年侍從臣。館閣文章天上草，門墻桃李日南春。先聲到處苗風變，公道傳來士氣伸。儘讓同官開府去，好持冰鑑答楓宸。

重過封氏園飲矮松下偕絅菴湘芷俠君潤木作

刺蘗花外矮松前，指點遊踪廿四年。枝亞平行妨翠鬣，杖端摩頂透青天。與誰作伴人先老，閲世如流我獨憐。賣却朝衫充一醉，免教歸欠酒家錢。

再賦古松叠前韵

時聞松子落吾前，小住方知日似年。草色展開三丈地，濤聲捲起四垂天。最宜物外閑相賞，久在人間絶可憐。莫道如龍難畫得，真龍又值幾多錢。時潤木畫墨松，旁觀有譽樹爲龍者，故戲及之。

從刺蘗園步至陶然亭

未覺年衰腰脚頑，意行隨步有躋攀。雨餘天氣清和候，城角人家墟墓間。柏子庭空移白日，荻苗水涸轉蒼灣。此來直與孤亭别，貪得憑欄一晌閒。

壽山田石硯屏歌副相揆公屬和

吾聞陽精之純韞爲璞，白者曰璧黄者琮。兼斯二美乃在石，天遺瓌寶生閩中。壽山山前石户農，力田世世兼養蜂。採花釀蜜自何代，金漿玉髓相交融。深埋土肉久成骨，亦如虎魄結自千年松。想當欲出未出時，其氣貫斗如烟虹。地示愛寶惜不得，飛上君家几硯爲屏風。質良材富肌理豐，廣袤徑尺加磨礱。銀河中傾灔瀲水，灌頂倒擢崔嵬峰。寒光通透月兩面，高勢噴涌雲千重。長檠夜燒燭焰紅，表裏映徹疑中空。風林片石非爾比，况許下巖劣品矜芙蓉。朝來得句傳詩筒，語雖紀實工形容。平生嗜好一無癖，而此特爲情愛鍾。吁嗟乎！人間尤物葢不乏，目所未覩誰能窮。公今獲石石遇公，無心之合欣遭逢。深山邃谷只作几硯視，要使天下稱良工。

循例請封典有作

貤封有例偏簪裾，院吏傳宣到敝廬。一榻春生衰病後，九重恩逮罷官初。絶無功狀虚縻禄，自寫年勞削勘書。慙愧初階叨進級，枉將章服混樵漁。

自怡園曉起即事呈副相

朝來雲出岫，昨日雨鳴溪。杏子落如豆，楊花膠作泥。新巢看燕乳，舊耳聽鶯啼。去年四月，公有《曉起聞鶯》詩屬和。詩境從閒得，何須苦覓題。

獨坐紫藤花下

俗客何由到，但聞蜂蝶喧。低枝如見就，長穗不勝繁。稍重雨欹架，忽飛風滿園。冗員無處著，東坡詩：「冗士無處著，寄身范公園。」來借紫花墩。

食新笋

朔野無修竹，名園擅辟疆。舊皮留虎豹，昌黎《笋》詩：「看皮虎豹存。」新角茁牛羊。瀹取庖厨潔，饞生匕筯香。一餐真過分，梅聖俞《謝韓持國貽笋》詩：「今年得此謂過分。」不似在他鄉。

放船至因曠洲

露氣烟光潑眼青，蒹葭影裏見孤亭。藕梢過港又生葉，柳絮逐波多化萍。鶯語忽流何處去，漁歌合向此間聽。老夫大有江湖興，肯讓閒鷗占一汀。

乞長假留别院長揆公二首

其一

北道嚴裝日，院長將扈蹕赴口外。西窗剪燭時。兩心多戀戀，分手故遲遲。款曲行藏計，纏綿倡和詩。桑榆收已晚，後會恐難期。

其二

示疾非無疾，藏名亦有名。難窮惟佛理，易足是官情。聚散人誰免，蹉跎我此行。半生知己分，投老荷相成。

雨中發自怡園再呈院長

迴思風雨追隨地，多在園居少在城。草木因公皆可敬，東坡詩：「醉翁行樂處，草木皆可敬。」禽魚與我豈無情。編年集換新題目，署尾牋留舊姓名。從此高吟應寡和，更無人繼老門生。

附院長作　揆叙

一醉筵前各異程，迢遥沙塞與江城。欲攀征蓋終無計，苦挽歸航似不情。風雨每思償宿願，亭臺還請署新名。從今裂帛湖邊月，長照離人白髪生。

車中遇佟陶菴同年

三年不見故人詩，一笑多成世外期。君自愛閒求退早，我方移疾得歸遲。萍踪浮海相逢地，柳絮隨風欲散時。莫怪下車還久立，老來光景怕臨岐。

吴寶崖以西苑龍棚詞百首新刻見貽兼索題句四首

其　一

朝爲百賦暮千詩，敏捷曾聞崔立之。何似吴郎新樂府，一時紙價貴京師。

其　二

好譜新聲付樂工，半參商調半參宫。二千八百驪龍顆，併入歌珠一串中。

其　三

員嶠方壺咫尺移，太平景物萬年期。丹青繪出殊難肖，輸與文人絶妙詞。時少司馬宋堅齋奉旨繪圖。

其　四

他人才少爾才多，珥筆差堪上馺娑。可惜得官偏落第，不曾名占百篇科。

端陽前二日薄勺庭招諸同年集王園芍藥花下

緑陰十里豐臺路，來趁名園芍藥期。良會轉憐經歲少，自去年以來，久不舉同年之會。好花偏愛閏年遲。江郎一夢才輸錦，小杜三生鬢有絲。珍重故人尊酒意，將歸時節咏將離。

酬别陶菴同年六首

其　一

出門衮衮怕風塵，見面睽違動隔春。形跡校疎情校密，可知俱是嬾朝人。

其　二

入同珥筆出隨鑾，幾載辛勤共跨鞍。今日車中思馬上，皇恩直似五湖寬。

其　三

歸期已是一年淹，辭禄能無缺乏嫌。慙愧故人親致贐，拜嘉祇恐或傷廉。

其　四

河梁録别意如何，真有長歌續短歌。不待吾言君自信，傳人一代本無多。

其　五

段家橋外木蘭舟，唱和曾同扈蹕遊。却與歸人添别恨，獨吟怕上望湖樓。

其六

君才畢竟爲時用，我老長甘與世辭。王右軍有《辭世帖》。聚散升沈渾細事，人生難得兩相知。

題宋蘭暉潯陽送客圖

聊借琵琶寓苦吟，多緣淪落望知音。後來信有商人婦，直被香山賺到今。

題程蒿亭持竿圖小照

已遮西日向長安，尚想臨流把一竿。寄語能詩侯叔記，求魚沮洳古來難。

晚香長老六十乞詩

紅椒上人年六十，世壽從頭數甲乙。朝來隱几夢青山，過我殷勤約歸日。我今面皺眼昏花，師亦瘦如枯木查。童時觀性依然在，同閱恒河無筭沙。

陰雨連綿頗似江南黄梅天氣

乍陰乍晴鳩敓巢，半濕半乾蚓出土。南中五月熟梅天，北地應呼杏子雨。

送蔣樹存出宰餘慶

憶昨領書局，羣英集金鑾。蔣生預校讐，臭味吾芝蘭。趨階或聯步，會食恒同餐。六時數晨夕，三歲離暑寒。書成上御覽，名姓列簡端。聚散夫何常，如沙孰能摶。同儕三十輩，一一争彈冠。我已病乞身，子行方得官。不以出處易，儼然平生歡。叩我蓬蓽門，送迎諒蹣跚。《谷風》有遺棄，責善人情難。古義胡足論，世途良可歎。子今又遠别，迢遞赴花蠻。黔俗我所諳，雁户雜猴狦。陰多晴日少，霧氣昏漫漫。長吏雖難爲，苗民豈真頑？賨輸況無幾，期會務使寬。訟簡案牘稀，地遐心跡閒。時時弄筆墨，哦咏于其間。亦足以自娱，因之報平安。好音望頻惠，綿邈非關山。

乞歸候旨未得成行寓庭雜蒔草花用以遣日吟成四首

其一

歸心一以動，如馬渴思騁。乃復縶維之，動中反吾静。于焉寓草木，幽事閒稍領。既栽須有溉，生理視俄頃。未免擾鄰家，朝朝汲甘井。

其　二

瓦盆列羣卉，紅白非一種。經旬排比開，含意似矜寵。閱人成旦暮，偷負力何勇。取笑桐柏材，十年方把拱。

其　三

開亦勿德雨，謝亦勿怨風。榮枯兩適然，了不關化工。化工倘狥物，毋乃與物同。所以老子懷，痴頑若孩童。

其　四

京師看花人，汲汲需代匱。主少十日情，市多三倍利。方從擔頭買，旋向墻角棄。不念花有根，初爲悦目地。賞新宜置舊，何用發深喟。

次日社集張匠門齋同人皆和余種花詩再叠前韵四首

其　一

平生數交遊，湖海浪馳騁。邇來嗜好别，取友亦取静。與君鄰巷居，跬步煩引領。闊疎輒累月，會合或食頃。一笑兩心同，無波如古井。

其　二

君鬚尚鬑鬑，我髮已種種。引諸同調末，推許荷光寵。栽花坐無僇，决去愧不勇。焉能久鬱鬱，而待宰木拱。

其　三

草木茁苕穎，好詩來清風。中有元氣存，豈謂屬和工。羣公富揮灑，下筆無雷同。挹彼山下泉，爲余發蒙童。

其　四

造物閲古今，生生本無匱。何論材不材，固有利不利。晚容桑榆補，蚤恐牙蘖棄。願將種花心，移作樹人地。毋使後來者，仍滋慨然喟。

題王石谷爲張超然畫旌節圖王畫此圖，九年始成。

張母早喪夫，張子幼無父。却將殁後榮，報答生前苦。有鹿不觸墳上松，有鼠不穿壙中土。天生異類猶多感，孰謂人情不如古。王君作畫踰九年，此事此圖皆足傳。我詩豈獨稱子孝，亦使後來知母賢。

去夏手植盆榴二本今年一枯一榮有感而作

庭下兩盆榴，經春謂已萎。其一雨忽生，病夫眼雙洗。枝端抽緑葉，葉底粲紅蕊。蕊綻復吐花，花殘旋結子。依然還舊觀，去聲。慰我岑寂裏。生存日向榮，死者爲薪矣。有情兼弔賀，感歎爲賦此。

院長貽嶺南椰子

椰子産番禺，瓠垂大如斗。其皮堅以韌，既剥且難剖。誰致越王頭，《齊民要術》云：「椰子，其俗謂之越王頭。」不脛而北走。微凹陷兩目，鑿竅通一口。轉側初有聲，俄傾半升酒。東坡《椰子冠》詩：「半升僅漉淵明酒。」閒吟出既醉，義愧餉師友。梅聖俞《謝李獻甫餉椰子》詩：「我獨愧先生，饌致崇師友。」

林鹿原餉武夷茶

頭綱拜賜吾何有，細色徒聞馬上詩。何法商量好消渴，都籃分得大窠茶。梅聖俞《新茶》詩：

「大窠有壯液，所發必奇穎。」

木本金銀花十四韵

本是沿籬蔓，今成傍砌栽。瘦根形促縮，短梗狀堆㕉。鳥爪拳筋立，蛇皮换骨來。忍冬經凛烈，入夏應恢台。長乳層層發，幽花對對開。雛鶯飛閃爍，小鶴舞毰毸。蝶粉悠揚墜，蜂鬚颭灔迴。金銀分老穉，黄白變胚胎。最好清含露，尤宜薄戰雷。痛須芟冗葉，惜勿剪條枚。就影移書案，留香泛酒杯。資生無秘術，入藥即良材。病檢醫方熟，閒從物性推。不貪能識氣，衆眼漫相猜。

庭西牽牛子新苗競發喜成十韵

手種牽牛子，根株粒粒成。勾尖看乍破，兩葉喜先萌。驗長論分寸，爲時閱晦明。立苗防細弱，插竹與扶檠。遂有纏綿意，偏多附麗情。疾風從偃仰，猛雨賴支撑。地力隨肥瘠，天機示發生。幾時花逞艷，連日蔓交縈。寓目聊充玩，消閒亦强名。料他秋爛熳，我已赴歸程。

和張日容嘲薜荔二十韵

薜荔爾何物，纖微孰比方。胡然纏宇下，只合繚崖旁。跂跂工緣壁，離離巧羃墻。性因柔善附，地以瘠爲良。松柏寧勞施，絲蘿故自張。龍鱗移不易，《宋史》：「李彦發物供奉，大類朱勔，如龍鱗薜荔一本，輦致之費，踰數萬。」蛇蚹斷無傷。及見縈根密，俄驚引蔓狂。嫩莖繩絞繳，大葉羽披猖。山鬼依棲暗，佛典呼餓鬼爲薜荔。湘君結託荒。罔帷憐屈宋，《九歌》：「罔薜荔而爲帷。」靡席笑班揚。《甘泉賦》：「靡薜荔而爲席。」雜蕙紉爲佩，輸荷緝作裳。搴枝頻颭影，貫蘂罕聞香。《離騷》：「貫薜荔之落蘂。」好補青藤椶，休侵白玉堂。《移文》累芳杜，《北山移文》：「豈可使芳杜厚顔，薜荔蒙耻。」作賦混蓀萇。張衡《南都賦》：「草則薜荔蕙，若薇蕪蓀萇。」誰遣臨書幌，兼能罥筆牀。有時經雨潤，逐日領風凉。梢自鄰家放，陰留夏景長。卷簾交竹翠，曳杖點苔蒼。大抵《詩》《騷》意，多從諷諭將。勿嗤吟小草，中有好篇章。

晚香長老贈桃枝竹杖

六尺桃枝杖，將歸荷見投。健添居士足，高出老僧頭。與鶴誰先到，爲龍寧久留。撥開塵土窟，遲爾入山遊。

同人集棗東書屋分賦二首

春偷桃杏妍，夏竊芙蕖艷。秋榮雜桂菊，冬至亦時斂。欒子之無知，多將四時占。月季花。

小小黄金花，媚人如自獻。聊陪今日賞，適我他方願。衆醉敢獨醒，不勞持盞勸。金盞花。

汪陛交郡丞屬題負米讀書圖時將赴任潮州即以贈别

汪子客京華，氣豪心悒怏。高堂有母在，恒結白雲想。皇天憐斯人，得舉甫一上。南宫輒唱第，盛事快探掌。早知給舍官，不及州邑長。題輿行佐郡，得禄猶逮養。潮海萬里程，翩然捧檄往。過家拜白髮，喜氣春盎盎。却憶負米時，悲喜異今曩。平生讀書力，篝火依績紡。食報理必然，問言受如響。丹青非苟設，風義行可廣。題作贈行篇，披圖愜神賞。

題故汶州太守潘君畫像

士當未遇時，往往慕好爵。及乎嬰世網，又想田園樂。田園豈不好，世網多被牽。興罷乃徑歸，斯人得非仙。廿年客京洛，未識斯人面。山光竹影中，髣髴如相見。

送同年劉大山應召赴行在三首

其　一

且喜南冠不到頭，復趨幄殿侍宸旒。恩威天大殊難測，去住身孤可自由。沙潤草香知麝過，林蹊月黑見螢流。識途老馬今閒放，歷歷從君話舊遊。

其　二

行行莫慮出關遥，司馬臺東景色饒。禾黍連塍無棄地，松杉夾岸有浮橋。霜收野果丹砂實，雨剪山蔬翡翠苗。一段閒情知不乏，也應問答到漁樵。

其　三

弱羽迴翔又一時，鎩禽來拂鳳皇池。重回蓬島游仙夢，別擬山莊應制詩。眼望青冥行得路，心憂白髮見無期。臨岐直是難爲別，二十年來兩故知。

畫　叉

我有古玉器，裹諸片青氈。炯如一鈎月，映出初三天。纖纖鋭兩頭，弓勢未扣弦。下連徑寸靶，中竅外規圜。愛惜徒手摩，致用無由緣。昨得桃竹杖，肌理細且堅。命工稍斲削，冠玉于其顛。呼之曰畫叉，古製想當然。東坡昔居黄，剩有掛壁錢。持叉日取百，月費猶三千。我今已鐫俸，仰屋方高眠。夫豈有餘資，貫穿梁上懸。叉成等無用，一笑仍棄捐。何如刻作鳩，扶我歸農田。

題王石谷山水四首

其　一

浮嵐暖翠望重重，幾道清泉出古松。知有僧樓尋不到，似聞一杵隔雲鐘。

其　二

水匯山環去復回，林端無徑不梯苔。石梁果與天台接，可許人間肉馬來。

其　三

想當潑墨目無前，董巨源流却井然。天下溪山皆粉本，空中結搆是雲烟。

其　四

朱瑶晚輩今多少，真蹟尤須愛惜看。見説山人年八十，白頭重畫此圖難。

留别潤木即次弟送行原韵四首

其一

誰能問舍更求田，車自今懸室早懸。久病我忘官爵好，同朝人羨弟兄賢。魚隨水退先歸壑，鴈逐雲飛尚各天。時德尹嶺南未歸。若是登真須拔宅，良常何敢獨爲仙。

其二

幾夜連床聽雨聲，却教離恨此中生。貧思飽煖原奇福，老戀桑榆亦至情。出處多岐非意料，去留無累稍身輕。只愁五十平頭客，婚宦何時了尚平。弟今年五十矣。

其三

指點林廬眺望賒，曉隨門鵲暮棲鴉。桐爲先世成陰樹，池上梧桐，先君子手植，二十年前已合抱。宋人稱韓子華兄弟爲「桐樹韓家」。桂是吾家及第花。吾家廳事前銀桂五株，自癸酉以來，每逢科詔，兄弟子姪輩有獲儁者，必發金花一枝爲先兆，歷歷不爽。屋後籬疎須補竹，墻西地瘠想宜茶。得歸已乏躬耕力，種植書中課有加。

其四

事兄慙愧竟如師，至性怡怡實在斯。何日始酬偕隱願，向人羞乞買山資。夢餘得句憐靈此外運，膝下成名愛阿宜。杜牧《與姪阿宜》詩：「連年掇科第，若摘頷下髭。」時五姪克紹新舉京兆，故云然。升沈皆分定，吾言雖淺要尋思。

留别詩社諸同人次張匠門見送原韵

其一

去住何關此一官，衰年只别友朋難。烟霄過眼看如霧，草木論心臭比蘭。身在夢中誰獨覺，事當局外每長歎。是間著我初無謂，獅子林中一野干。《禪宗語録》有「野干隨逐獅子，終不成獅」之語。

其二

白頭白盡想巢南，早署菴名未有菴。朝跡已收雙屐在，歸裝猶累一僮擔。高僧瓶鉢原初約，老圃桑麻豈腐談。多謝故交頻戀别，尚容諧謔互相參。

匠門以瓶蓮十二韵索和次答

脉脉凌波質，朝來帶露攜。出絣看蕊綻，照眼得花齊。長養仍資水，清幽更洗泥。略教分向背，初不競高低。欲語殊多態，何愁自少啼。艷將同洛浦，愛豈獨濂溪。有客尋池上，無魚戲葉西。依稀能忍笑，綽約好防迷。顧影移秋蝶，分香夢夕鷖。暑颸迎澮澮，涼雨避凄凄。立傍屏風鷺，談親麈尾犀。《涉江》吾擬采，先與報箋題。

題吴寶崖荏山讀書圖即送其出宰荏平

無事飲犀首，亡何飲袁絲。飲之爲功固不細，阮能罷哭陶忘飢。張芝李白大暢此中趣，可以狂草可以詩。逃名混跡靡不取，獨於從宦非其宜。何況邑宰寄民社，設遇煩劇尤難爲。吾黨吴生性耽酒，其人磊砢而英奇。今將行作吏，得縣古名荏。有山衮衮東南陲，有水雺雺西北馳。中間曠衍百餘里，厨傳四走當衝逵。似聞齊俗夙健訟，邦治邦法難兼施。書生習氣要一變，嗜好勿使旁人窺。仕而優則學，二者恒相資。公餘讀書良有味，絶勝千鍾百榼痛飲誇淋漓。勸君可止則徑止，未能遽止請損之。贈行實關朋友義，吾言雖戲庶可以箴規。

諸君爲余作桃枝竹杖歌余亦自賦一首

勞不得及奔馬，逸不得乘安車。飛不能羣衆鳥，游不能隊潛魚。無端人趨我亦趨，倉卒一蹶誰當扶。七尺之杖六尺軀，聖恩寛大容田廬。歸與歸與，吾與爾俱。杖國雖不足，杖鄉已有餘。

苦熱

不辭河朔飲，酷暑竟難逃。高屋同炊甑，輕裕劇緼袍。石欄乾迸火，松柱液流膏。嗟爾巢棲者，多應厭羽毛。

題莊書田笠屐探梅圖

杜家亦有笠，謝家亦有屐。何必眉山翁，區區擬其跡。身挾冰雪骨，胸貯冰雪文。但遇梅花開，入山尋白雲。白雲舊在題詩處，畫裏溪山能久住。君今笠屐且閒拋，借與歸人作遊具。

仇山村詩翰一卷乙丑秋於竹垞寓齋見之偕故友魏禹平題名其後未幾此卷歸吾鄉高文恪公又二十九年癸巳公之孫礪山攜至京師屬余題句存殁之感愴然于中聊附數言以志歲月

四百餘年翰墨新，流傳重是宋遺民。論詩正爾空當代，展卷渾如遇故人。世閱古今雙轉燭，事關存歿一傷神。先公手澤依然在，肯使桓厨贋亂真。

題鄭寒村爲魏仿韓畫棲鶴圖二首

其一

皃雛鴈子影參差，簉羽羣窺浴鳳池。争及寥天秋一鶴，巢松獨占舊高枝。

其二

攜將鄭老一幅畫，來索查田七字題。我是人間退飛鷁，相逢只愛説巖棲。

題泰州宫氏春雨草堂圖

于野去山遥，環城爲水滙。草堂築其上，春雨名猶在。老木皆十圍，湖黿兀磈磊。問君今幾世，物色舊無改。正賴後多賢，畫圖益精采。鯉魴富罩汕，蝦蜆蓄葅醢。樵去唱烏鹽，漁來歌欸乃。路迷葭菼岸，舟出蒲蓮海。我欲溯回從，蒼蒼隔煙靄。

觀蜘蛛布網

小童持竹竿，簷角除蛛絲。既除旋復吐，日事經營爲。爾網密以張，爾腹恒苦飢。羽蟲投一目，所獲良已微。並生天壤間，動者羅禍機〔一〕。兩皆置得失，且復吟吾詩。

〔一〕按，《原稿》此句後有「機心與機事，得失無了時」二句，後删去。

洗象詞五首和顧俠君

其　一

畫鼓聲中緩步來，紅旗影裏撇波開。都人六月汗如濯，慣是一年看一回。

其　二

俸料新加例有無，尋常已飽大官芻。被他三品閒鷗笑，出没成羣聽象奴。

其　三

兩齒觩然臂聳然，老于槽櫪浴于川。就中云有前朝者，曾見天家破賊年。相傳李自成僭號登極時，象有流涕者；入本朝，馴服如故。

其　四

角壯浮深去復迴，舊鞍重與拂炎埃。也應三日同休沐，辛苦終年立仗來。

其五

衆裏觀場老比丘，粗從三喻識沈浮。兔近馬跡紛紛渡，徹底輸他是截流。

題倈君啗茘第二圖

醴泉甘露吾不知，人間絶品惟茘支。惜哉遠落閩粵徼，爲候又與煩蒸期。四月則太早，七月則太遲。佳者熟當小暑時，闌風伏雨交紛披。炎官火傘赫赫曦，養成姑射仙山肌。冰丸雪片不受嚼，化作凉液沁入人心脾。我昔遊閩遇歲稔，日啗四百五十顆有奇。爾來喉吻久枯澀，北果厭摘頻婆梨。故人密漬或遠致，四三五枚蒙見貽。色香味三了無取，但覺一甘入頰膠如飴。十年夢寐西禪枝，仙蹤縹緲胡可追？顧倈好事乃過我，閩産粵産兼嘗之。初嘗得火山，名雖曰茘格實卑。繼而得挂緑，漸入佳境方稱奇。生綃半幅寫不足，擬再乞畫還徵詩。今君已爲一組縻，畫餅説食徒爾爲。我歸大作口腹想，嶺嶠雖遠不過天南垂。鷓鴣孔翠成羣飛，老夫興發神與馳。齒牙缺落舌尚在，清泉涌穴蔌蔌先流頤。

藏經匣歌并序

匣，漆皮爲之，無縫不可開。相傳古羅漢寫藏經，錮其中。長三寸許，闊二寸許，厚不盈寸。正面畫佛像一尊，背及四旁俱有梵書，西域喇嘛僅識其半，云「此大西天字也，彼中奉爲法寶。流入中國者七部，四部藏匣内，三部藏佛腹中。好事者啓視，壞其一。今在人間者，尚有六部，此其一也。佩之，水火盜賊不能傷，魍魎魑魅不能害」云。中州李庶常牟山出以見示，成長短句一章。

毘勒最初藏，三百餘萬言。後人憶誦少，從簡删其繁。餘存三十八萬四千字，梵夾秘在菴羅園。《大論》云：「《毘勒藏》有三百二十萬言，佛在世時所造，後人憶誦力少，不能廣誦，撰爲三十八萬四千言。」四十二章經，流入震旦同河源。六朝南北洎唐代，高僧輩出如雲屯。兩伊合新舊，西方有新舊兩伊，猶此土之篆、隸。悉本經義爲譯翻。後來廣增律論部，與經爲輔傳仍昆。白馬詎勝馱，劫火安能燔。云誰收入方寸篋，三藏奚翅千千番。相傳阿羅漢，恐是須陀洹。手摹梵天書，流布于九垠。中國凡七部，一部已壞其六存。六部之中此其一，佩此可以安神魂。洵若彼所云，西江一口何難吞。吾聞釋迦教，率以譬喻論。有如須彌山納一芥子，大海水吸玻黎盆。細入無縫大則包乾坤，撮摶寶掌成胚渾。世人自昧真實諦，暗鎖白日長昏昏。疑者以爲無，空諸所有胡得焉。信者以爲有，實諸所無非本元。語言文字互膠擾，證入不二于何門。安得霹靂手，稽首兩足尊。鑿開真函破妄見，是則名爲報佛恩。

咏周尊彝十六韵形方而墮兩耳、四足，中有古篆「魯公作文王尊彝」七字，無銘詞歲月可考。

三代多銘識，圖從《博古》援。世惟金石壽，今覺鼎鐘繁。庚子山文：「公侯復始，鼎鐘逾繁。」此物傳周器，何時入國門。問名充象著，索價重瑶琨。魯國年無紀，姬公典幸存。啓封從聖子，近裔屬文孫。大祀新宫焕，東藩古制敦。少陵詩：「宗卿古制敦。」百籩偕簠簋，五獻設彝樽。螭虎形差肖，夔虺勢若蹲。比鉶安足穩，似鬲取脣反叶平。上聳環堪貫，中虚腹可捫。規模因樸著，容受以升論。黯黮苔封色，依稀土蝕痕。俯將輕漢爵，前欲媲商尊。俗已無精鑒，評難定一言。會逢歐趙輩，重與考淵源。

諸同年醵分餞行于陳秉之寓樓即席留别四首

其一

來迎華蓋出朱輪，九陌炎歊萬斛塵。慙愧曲江諸舊好，緑槐陰下餞歸人。

其二

有約難隨座主行，許座師于一月前南歸，余乞假之旨未下。秋風漸老碧芹羹。濟時心力輸公等，只好江東作步兵。

其　三

鵁鸞隊裏一沙鷗，飲啄曾同十載遊。今日分飛憐隻影，煙波滿眼又回頭。

其　四

户小先拚入醉鄉，解衣盤礴自生凉。定知此後同年會，故態猶能記老狂。

自怡園二十一咏偕西厓前輩賦呈副相揆公

篔簹塢

游人裾上塵，馬跡門前路。一徑轉琅玕，蒼然三里霧。

雙竹廊

七松少傅宅，五柳徵君屋。輸此十步廊，天生兩竿竹。

桐華書屋

亭亭百尺枝，下蔭一欄翠。童子正開門，桐花風滿地。

蒼雪齋

碧玉方開籜，量成六寸圍。濯枝多雨露，新粉欲沾衣。

巢山亭

遠移三疊屏，突兀凌空起。勢壓小亭低，前臨一潭水。

荷　塘

記得初移藕，田田貼水荷。香風隨櫂遠，花校去年多。

北　湖

放眼際遥碧，近身葉似舟。鴛鴦最相戀，驚起却回頭。

隙光亭

一片平頗黎，穿林光瑣碎。閣欄如鳥巢，隱隱柴其内。

因曠洲

洲勢極空曠，旁分幾派江。因添方丈室，面面與開窗。

邀月榭

月出東皎皎，月落西茫茫。有時夜無月，倒影摇湖光。

蘆　港

春漲今年足，蘆根上岸生。人間正炎熱，物外已秋聲。

柳　汧

千株萬株柳，夾浦濃于黛。忽度一聲鶯，濛濛烟雨外。

芡　汉

芡是吾鄉實，充盤憶水羞。羡君池汉上，兩處種鷄頭。院長城居在鷄頭池上〔一〕。

〔一〕「院長」，《原稿》作「先生」。

含漪堂

凉從何處來？適與披襟遇。風過水微波，于中得佳句。

釣魚臺

璜溪坐姜叟，濠上遊莊周。果若知魚樂，不妨施直鈎。

雙遂堂

心跡既雙清，宦遊亦雙遂。一事勝香山，公頭白猶未。

南　橋

兩厓石齒齒，一壑流濊濊。橋北與橋南，仙凡此分界。

紅藥欄

手自栽紅藥，旋開穩重花。禁中吟未足，歸到日西斜。

静鏡居

先生静多妙，跡顯心逾静。借問祖師禪，無塵安有鏡？

朱藤逕

十萬寶瓔珞，舉頭迷下上。好笑王君夫，紫絲開步障。

野　航

野趣隨所寓，陸居同水宿。偶以舫名齋，已忘舟是屋。

次答廖若村同年贈别原韵二首

其一

六人三載同書局，出入羣聯鴈一行。武英殿編輯《韵府》，余與若村、吴山掄、宋山言、汪紫滄、錢亮功六人，皆癸未同年也。自比蟲魚辭蠹簡，忽投珠玉滿奚囊。感深紈扇秋風篋，夢散宮衣舊日香。敢對離筵論後會，直緣情重不辭觴。

其二

此身無用且分飛，却望晨霞阻夕霏。竹簟暑風攜枕去，蘆塘秋雨待船歸。長留異日心期在，莫謂同門出處非。李頎詩：「在昔同門友，如今出處非。」好片泖湖烟水色，願隨老鶴息塵機。尊公先生余癸酉同年，聞尚有彈冠之興，故云。

送陳秋田赴叙州長寧宰

鈎棧連雲幾百盤，漏天南去尚漫漫。一身多累無長策，萬里嚴程似左官。小邑攜家須約俸，故人臨别勸加餐。輿圖盡處江山麗，只作當時茘浦看。君前任茘浦，自言山水極佳。

棗東書屋大雨聯句

炎歊釀昏夢，猛雨發疲曳。郭雙村。補天潛女媧，射日恣后羿。宮恕堂。銀界指河傾，畢躔知月離。潤木。三光乍弛職，九野悉蒙翳。顧秀野。陰陽兩相賊，水火時爲帝。得非崑崙囚，倏受顓頊制。悔餘。暑路舞商羊，朱波騰黑蜧。繆湘芷。酣鏖鉅鹿戰，奮助昆陽勢。汪退谷。電母掣磯磹，雷公拔精鋭。張匠門。蛟螭牙爪活，虎豹股栗斃。急點繩脚粗，密飛絲縷細。郭。簷垂匹練下，庭漲立談際。宮。奔渾赴溝渠，淼莽連埤堄。森森竹箭直，滚滚浮漚繼。潤木。大麓易以迷，繁星恐不繫。顧。巢飢有烏啄，葉啞無蜩嘒。是處長蓬蒿，何人理蓀蕙。悔餘。羣淹窘跂息，烝涉愁厲揭。繆。入市冪盪舟，行泥禹乘橇。汪。車輕難就熟，馬怯失奔踶。張。滑澾喜兒童，沾濡憐僕隸。郭。盆荷卸浮瓣，林果脱危蒂。宮。青沈兔目槐，翠刷龍鱗薜。潤木。柳腰任自誇，葵足寧煩衛。顧。魄石苔髮披，枯槎菌釘贅。悔餘。鸛鳴蟻封徙，蚓弔蛙坎瘞。繆。陰穴咽暗啼，高翾惜華毳。汪。鷹鸇尚屈猛，燕雀盍少憩。張。萬里覘郊畿，八埏首幽薊。郭。遥傳地欲浮，仰視天方懠。宮。涔涔衝塞去，岌岌排墻逮。富粟慳賣珠，貧薪劇剉桂。潤木。西北正愁霖，東南想連畷。顧。金隄儆楗帚，薄産闕種藝。或者太浸淫，將毋成滲沴。可無魚鱉患，且免蝻蝗蔽。農占覘有秋，王省實惟歲。悔餘。丞相調玉雖非燭，至尊執寶契。繆。旱澇互乘除，豐凶恒酌劑。汪。吾曹復何事，良會況有例。張。雖非酒爲池，幸以瓦爲袂。郭。居人宅如泛，過客駕頻稅。宫。何勞禁足方，自頌安心偈。潤木。宴詩社得陶潛，飲徒偕蔣濟。顧。遠坊輪蹄散，深坐吟箋遞。借驢罷朝謁，躡屐寡參詣。宴樂需雲宜，括囊坤象閉。防虞沈竈事，倉卒移床計。悔餘。零瀝似啁哳，傾倒敵懍悷。繆。閒齋一喧寂，浮俗等塵壒。汪。盤餐省癡蠅，墻垔剥牡蠣。張。嗟我孤影形，愛君好兄弟。束帶已發狂，解衣復成嚏。筵攜吹月琯，袖挾掃雲篲。索醉來已遲，忘機止或泥。郭。流連永今夕，唾涕棄一切。從教清漏移，莫問明星嘒。刻殘三寸燭，哦出五言製。手寫類蠶眠，口占非獺祭。潤木。摧頹興易盡，爛熳詞多綴。瞥眼過氛烟，倒頭成夢寱。去將荷簑笠，歸及鼓舟枻。老翁何所求，却立望秋霽。悔餘。

題潤木閉門采詩圖

子初僦居槐樹街，尋常兩板何曾開。開門偶爲買花出，一月上市凡三回。長椿寺前紅紫街，木本價昂草本賤。買其賤者兼取多，意在閉門觀物變。煌煌自昔帝王都，眼中變幻何所無。無情草木有榮悴，況此假合成形軀。色塵未透初禪界，昨者采詩今采畫。坐消光景向閒曹，何日粗償焚券債。故園松菊荒荆榛，花間夢斷如隔晨。當時看爾年最少，已是半百平頭人。我今念念成枯槁，輸爾圖中顏色好。遲留且耐十年官，六十歸來未爲老。

牽牛作花十二韵索匠門諸子和

過雨簾櫳潤，微凉院落幽。老翁開笑口，小草拆花頭。名自雙星得，時將大火流。若非經閏月，已是報初秋。綽有含風態，其如見日愁。霞朝房早斂，露夕蕊重抽。續續如相替，匆匆可自由。及時催絡緯，連類况蜉蝣。豔極那能久，嬌多孰比柔。且依行藥徑，勿傍曝衣樓。急景何顏駐，餘光瞥眼休。似憐歸日近，作計與勾留。

旬來多雨聞廣寧門外泥深數尺歸期蹭蹬書遣悶懷

天行當溽暑，水勢汩郊原。歸計尚難料，世途安可論。投床聽暗雨，倚杖望初暾。賴有同心友，衝泥一扣門。匠門單騎見過。

寄祝劉蘧菴光禄七十壽

我昔皖上遊，過君之里第。南陵好山水，風俗古不替。君時已挂冠，鄭重敦夙契。開園設几席，話舊接襟袂。次第見諸郎，森森盡蘭桂。一别十八年，回頭如隔世。聞君今七十，精采溢顔際。室有參語賢，齊眉正同歲。全家多道氣，此福天所畀。養壽得奇方，烟霞閲清閟。假如在高位，已合懸車例。何似白樂天，林泉早爲計。

有詔於金州衛立水師營即以海賊之新就撫者充其弁伍草野迂儒無從獻末議漫紀十六韵

詔設金州戍，今爲要害城。水軍嚴約束，海寇戢縱横。控險非榆塞，分屯異柳營。渠魁推作帥，丁壯籍爲兵。甫脱檻車困，還加鞶帶榮。戰船齊魯給，餽餉薊遼并。貰罪恩良厚，優降事不輕。波濤通外國，帶礪近陪京。欲以招餘黨，因之息遠征。睿謀虚聽受，廷議集公卿。實藉綢繆計，俄聞贊畫成。聚蛇爲窟穴，圈虎傍茨荆。鷹眼終難化，狼心故自獰。《徙戎》宜有論，賞賊似無名。世孰防牙蘖，人方恃太平。區區誠過慮，笑爾一鯫生。

次和匠門雨中白蓮十二韵

玉井如船藕，移來是白蓮。花開元澮澮，雨洗更娟娟。出浴全身潔，離塵一鏡妍。細珠留的皪，活汞走勻圓。太素知無匹，孤標儼得仙。靈根超十地，色界凈諸天。影濯銀河畔，香清羽扇邊。質迷深自隱，絲引誤相牽。帶笑聊悠爾，李羣玉詩：「處世心悠爾。」含悽莫泫然。凌波愁浪惡，傾蓋望雲穿。江浦舟遲泛，湘皋佩合捐。輸他冰雪咏，孰與鬭便嬛？

次韵匠門陰雨不止

兼旬雷失威，入夜雨尤猛。欠伸局腰脊，靡騁瞻項領。流惡溝瀆盈，居汙箕箒屏。千門烟勃窣，九陌路壅梗〔一〕。童出怕淤泥，婢炊愁濁井。桁衣變黴黦，襆被感單冷。庭作沼聚漚，簷爲瀑垂綆。誰歟請祈禱，古者有修省。澤馬兆何祥，坎輿戒多眚。清吟召蜩蚻，怒叫禁蟈黽。庶令沴氣消，徐俟曦光昞。人胥出淪溺，吾亦散憂耿。世事疾轉圜，天心易翻餅。勉旃毋多談，行矣需少頃。歸途指蝃蝀，去意隨舴艋。此時咏君詩，有味彌雋永。

〔一〕「梗」，《原稿》作「哽」。

六月十四夜久雨忽霽小庭凉月如秋五更起坐即事成咏

夜静窗微明，鷄鳴曙猶未。攬衣步庭下，簷溜初止沸。斜月在西南，殘雲風掃既。銀河洗我目，玉露清我胃。一凉襲虚襟，餘潤及羣卉。流光閲醉夢，好景失聾瞶。獨有無寐人，先知秋氣味。

喜晴次匠門韻二首

其一

正爾巡檐嘆伏陰，忽開霽色見天心。月將東出氣尤爽，火已西流炎不侵。後三日立秋。赤脚一雙休踏屐，白絲半頂喜抽簪。呼童急掃堦前地，準備高人策蹇尋。

其二

勿論熱熟與生疎，禪家有「熱熟處求生疎」語。閉户多時出少車。隔宿傳詩邀客和，歸期檢曆遣兒書。徑鋪嫩蘚氈相似，盆豔秋花錦不如。更貰迎凉一瓶酒，此間何事可愁予。

院長近以赤藤杖見贈合之前詩意蓋欲易我畫叉也作詩報之

昨以病乞假，先鐫半年俸。拄杖坐無錢，棄杖辭寓諷。實則心愛之，時時手摩弄。貧家乏冗物，一竹當兩用。拄畫乃名叉，隨身即爲從。先生欲巧取，猥以赤藤送。此藤産塞山，年深蟠石縫。細筋漸成骨，直理透條綜。堅如鐵鑄成〔一〕，亦可扶蹤踵。璧來田不往，曲直何足訟。平生車馬裘，義取朋友共。於兹獨有愜，貪得比藝種。挾兩詎爲多，失一肯輕縱。公廉忍見奪，我寶彌增重。幸賜雙杖銘，俾得終身誦。

〔一〕「鑄」，《原稿》作「拄」。

立秋前一夕匠門席上作

此會循環忽五年，老於交誼倍依然。何曾清景辜風月，又聽商聲入管絃。齒序慙余居客右，詩成君肯讓誰先。眼前看是尋常事，或有人從異日傳。

立秋叠前韻用唐寶常詩作起句

筭老重經癸巳年，況逢秋至轉凄然。露瀼梧徑蕭蕭葉，雨上琴床緩緩絃。是日復雨。萬事蹉跎羊視後，一帆迢遞雁争先。候門知有兒孫在，烏鵲連朝喜浪傳。

是日繆湘芷攜酒肴就余寓餞别偕匠門秀野潤木三叠前韻

風雨相留欲判年，足音蓬藋喜跫然。情知老馬難回策，目送歸鴻又拊絃。擘紙聯吟豪鬭健，圍碁賭酒怯饒先。時與匠門對局賭酒，互有勝負。良辰一醉誰拋得，生怕狂名被俗傳。

次汪紫滄同年見送原韵四首

其　一

鱗思反壑羽投林，知我誰能諒此心。引疾敢云臣計早，得歸尤荷主恩深。裝輕似葉行添杖，筆秃如椎懶廢吟。只有故交忘不得，每從别賦感登臨。

其　二

新詩字字比驪珠，懷袖分光照座隅。畫裏烟波鷗境界，燈前風雨鴈程途。金蘭義重言多苦，藥石功深病或蘇。却笑迂疎真不揣，欲將農圃傲蓬壺。

其　三

月華南畔浴堂邊，形影相隨近十年。雲步改遷尋丈地，《霓裳》吹散大羅天。曾叨香案稱清吏，誤籍蓬池作謫仙。努力文章留報國，尚餘殘局在芸編。

其　四

不貪支俸給官薪，分定榮枯付往因。自信我爲當去客，劇憐君是未歸人。一身只要貧長健，萬事休憑夢當真。别後有書煩屢寄，免教北望苦馳神。

立秋後三日匠門家集梨園爲勝會再邀余入座四疊前韵

夜似長年日小年，逢場何忍獨醒然。野王岸上停三弄，司馬江頭輟四絃。月裏《霓裳》聽乍徹，座中白髮感尤先。梨園法曲皆供奉，或恐人間是別傳。

道山亭在福州城内宋程公闢爲守時所建曾南豐爲作記者也歲久傾圮林子鹿原得其故址將築堂名以瓣香蓋取陳后山向來一瓣香敬爲曾南豐之句屬友人繪圖來索詩

宋時道山亭，剏自程太守。南豐與作記，膾炙人在口。從此此亭名，遂爲曾氏有。歷年經八百，頹廢來已久。鹿原嗜古人，尋碑攘榛藪。擘窠三大字，云出林希手。其字今倖存，其人無足取。大哉復古義，義取別賢否。築堂名瓣香，欲以姸蔽醜。在昔陳與曾，同時實師友。子今生末世，獨立嘆無偶。私淑夫豈徒，行將奉箕箒。庸非學問力，即事期不朽。我昨遊三山，探奇意多負。銀袍者誰子，曾解讀碑否？劉後村《福州道山亭》詩：「城中楚楚銀袍子，來讀曾碑有幾人。」

警露軒鶴雛爲鹿原賦

吾聞鶴之性，與露最相警。軒以警露名，借鶴用自省。今年果得鶴，先後名寔併。出㲉曾幾時，風標已閒静。仰窺俯有拾，咫尺回素頸。主人院落寬，老樹蔭苔井。鷄羣知獨立，瘦骨挾仙影。未得戛然鳴，奈兹秋夜永。翀天會有日，羽翮在修整。

題樓敬思夢洗三硯圖二首

其一

曾於夢裏得三硯，三館今來校秘書。不信校書真應夢，但拋心力注蟲魚。

其二

夢筆如江夢鳥羅，微凹聚墨不争多。文章豈必關神授，知有工夫在洗磨。

次韵奉酬院長西厓前輩贈行之句〔一〕

直從毛羽假翩翩，用《南史·蕭引傳》中語。送我歸耕潁上田。比校鵷鸞宜落後，簸揚糠粃愧居先。東門古有迴車路，西夕天留養拙年。且喜歐陽爲學士，蓬山領袖得詩仙。

〔一〕按，此詩及所附原作《原稿》不載。

附原作　　湯右曾

鵷鸞臺閣正聯翩，忽賦歸與種秫田。爲樂恐教兒輩覺，生天一任丈人先。元和體有三千首，謝朓才論二百年。我欲舉君還自代，似君真合領羣仙。

敬業堂詩集卷四十二

計日集起癸巳七月，盡十二月。

暑雨連旬，初秋就道。自去年二月引疾乞休，及是六百日矣。淵明云：「行行循歸路，計日望舊居。」而今而後，歲月庶爲我有乎？

七月朔長假出都諸同年同學祖餞于廣寧門外即席留别

襆被蕭條去，離筵鄭重開。大生歸子色，榮捧故人杯。紫陌回頭隔，青山就眼來。渭城歌最好，朝雨浥輕埃。是日微雨。

蘆溝道中遇德尹自嶺南典試回京

出入如相避，翻驚邂逅緣。遠來君報命，獨往我歸田。別緒三秋鴈，吟情一路蟬。對床風雨約，迢遞待明年。弟臨別有「明年乞歸」之約。

涿州待渡

督亢陂邊柳，秋條尚蔭人。浮橋經漲斷，驛路出泥新。兀兀欲成夢，皇皇多問津。讓他車馬客，争渡入紅塵。

暮投三家店

不敢怨泥塗，來當積潦餘。羣羣逐鵝鴨，處處阻溝渠。酒肆蟻争垤，瓜棚蠅趁虚。也知皆逆旅，到此復趦趄。

過新城留別虞武通同年舊宰兹邑，因大計降調。

赤縣當煩劇，期年極苦辛。心勞書下考，官罷得長貧。世議近逾隘，交情老自真。西湖有鷗鷺，遲爾作閒人。

白溝道中即事

水利遺塘濼，燕南怕雨多。原田平少岸，沮洳溢爲河。改路尋牛跡，分裝累馬馱。艱難愁一老，蒿目意如何。

未至雄縣二十里老僧寧初新刱一菴避暑小憩遇汪荇洲前輩自吾鄉典試回茶話移時而別

精舍何年築，前臨古堠旁。征途尚炎熱，佛地果清涼。却扇邀僧話，分茶與客嘗。班荆留數語，後會兩茫茫。

雄縣早發

秋暑如三伏，僕夫貪早涼。孤城浮水氣，匹馬望星光。露下田塗白，風來荇藻香。行行天漸曉，柳外見帆檣。

庚午二月與姜西銘同飯於趙北口姜食魚被鯁以酒下之徑至大醉一時傳爲嘻笑今復經此悽然感懷

二十年前路，髯姜並轡過。食魚憐骨鯁，下酒怪顔酡。老友他鄉盡，吾生去日多。向來談笑事，淚雨變滂沱。

解渴吟

勞人兼病暍，一勺望甘霖。直覺烹茶緩，還嫌汲井深。蟬清惟蜕殼，柳老或空心。我是忘炎者，聊爲《解渴吟》。

賣瓜者

辛苦瓜田叟，瓜成計息微。物因多致賤，人以渴充飢。肯守傷根戒，行將抱蔓歸。食瓤多棄子，遺種漸防稀。

商家林買草笠

頭輕宜戴笠，野服换商林。雨庇全身濕，晴邀片席陰。下車寧望揖，上馬憶曾吟。往年隨駕清暑，奉旨從官俱戴草帽，余曾有詩紀之。青箬平生夢，蹉跎直至今。余又有《謝賜魚》詩云：「緑蓑青箬平生夢，臣本烟波一釣徒。」

肩　輿

《禮》有扶衰病，吾今釋負擔。徒行何不可，安坐得毋慙。未免役人力，將何解謔談。香山援舊例，陋巷得乘籃。樂天詩：「陋巷乘籃入，朱門挂印回。」

曉過德州感舊

閲徧畿南驛，禾麻喜歲豐。平蕪千里碧，初日半天紅。世故論今昔，皇情荷始終。壬午冬，召見德州行宫，隨命入内廷。十年牛馬走，力盡往來中。

旅店七夕懷德尹潤木兩弟都下

燕齊風一變，連日苦熱，今朝頓凉。邾魯柝相聞。弦月凉於水，繩河瀶入雲。鷄鳴無失次，鶴警不離羣。誰念獨吟客，油燈坐夜分。

曉入高唐州境始免泥淖之苦

遥遥三十里，一塔表州城。海市奇觀失，《夢溪筆談》：「歐陽公至高唐館，見沙中車馬人物，歷歷可辨。時謂之高唐海市。」沙程病骨輕。車行出糜淖，人意就寬平。方朔祠邊路，城北舊有東方朔祠。南來第八程。

扶犂叟

傴僂出茅茨，扶犁長恐遲。辛勤憐一叟，遊惰聽羣兒。巢燕將雛候，耕牛舐犢時。人情略相似，老者近乎慈。

過茌平新令吴寶崖尚未到官戲題旅壁

茌平新邑長，赴任底遲遲。甿俗三秋望，王程九日期。多傾浮蟻酒，省作捕蝗詩。一宿吾隨便，何煩地主爲。昨在都門，問寶崖何以不赴任。知其欲避捕蝗之役也。

東阿道中

今日東阿縣，重瞻少岱山。河流連巨野，地脈隱磝關。宋檀道濟置關于碻磝山下，地當在縣南。今不可攷。剥棗棘籬外，漚麻溝澮間。土風占《月令》，一破旅人顔。

出都時買得于文定公穀城集心慕其人七月初九夜宿舊縣乃公故里也夢公投刺見訪自叙出處本末甚悉覺而異之敬紀一律

館閣論前輩，先朝一穀城。如何犯公諱，直欲改余名。事往儀型在，神交夢寐清。篋中有佳集，去國仰高情。

自汶上至濟寧田間多種藍及烟草

本業抛農務，羣情逐貿遷。刈藍多用染，屑草半爲烟。樹藝非嘉種，膏腴等廢田。家家坐艱食，那得屢豐年？

濟寧寓樓坐雨

南池將買櫂，北騎此休鞍。得免載濡宭，復叨即次安。羣喧因雨静，一榻占樓寬。我獨邀天幸，人間路正難。

寓樓讀陶詩畢敬題其後

顔謝非同調，千秋第一人。精深涵道味，爛熳發天真。有耻難諧俗，無官肯計貧。平生頑懦意，感動賴先民。

雨中獨遊南池

外吏無交舊，歸人簡應酬。烟波宜獨往，風雨感重遊。遠影千帆暮，孤亭萬樹秋。多情天井派，日夜向南流。《東泉志》：「自滋陽至寧陽界，共六十三泉，俱入濟寧，是爲天井派。」

舟發濟寧

波紋平熨帛，岸影曲隨弓。坐覺一船穩，行聞八牐通。城根匯洸汶，雲外指龜蒙。多少乘軺使，誰憐大小東。

過仲家淺望魚臺諸山

解纜鷄三唱，前征曙色催。蒼葭迷藪澤，白鳥起灣洄。日挾川光動，帆衝霧氣開。好山青似染，的的近魚臺。

南陽鎮二首

其一

五丈溝東望，陂湖極淼茫。《寰宇記》：「泗水自任城界經魚臺東與菏水合，一名五丈溝，西自金鄉流入。」楊椿支兩畔，綫溜走中央。古市秋來廢，平田潦後荒。船船載漁具，聊復免流亡。

其二

一帶山形墮，周遭地勢坳。老隄崩泐石，欹屋落苫茅。是處添新戍，何年咏樂郊。最憐農失業，牛犢飽芻茭。

食魚

泲水今年大，河魚逆上流。垂竿來接尾，舉網出駢頭。童僕餐皆饜，庖厨棄不留。多年京洛住，此味當珍饈。

泗上亭

亭長臺邊路，茫茫閱世多。自墟秦社稷，誰保漢山河。芒碭雲銷氣，枌榆社改柯。空傳沛中叟，曾聽《大風歌》。

食蓮藕有感

蓮藕同時賣，湖鮮賤勿論。劈蓬香爪甲，嚼雪脆牙齦。過客連檣販，居民種水繁。好爲來歲計，采實合留根。

晚泊韓莊閘

百丈轉坡陀，孤舟泊旋渦。遠山浮沛縣，急水灌泇河。鴈鶩連天去，萑苻棄地多。坐看殘月上，徹夜有漁歌。

枕上喜聞櫓聲

櫓聲清似雁，摇夢下前汀。轉益歸心急，能教醉耳醒。風生南北埭，月過短長亭。不解眉山老，欣聞泗岸鈴。

臺兒莊阻風

行止原難必，天涯信短篷。明知滿槽水，不敵石郵風。高枕沈舟外，微吟折葦中。向來多逆境，閲歷已成翁。

泇溝順風掛帆

侵曉長年起，開頭報順風。端歸天意許，利涉客心同。後至無奔馬，前飛及片鴻。布帆安穩在，計日報兒童。

入新河見糧艘覆敗者

黄水奔騰入，新渠變濁流。誰云無大患，凡漕運，漂流米二百石以内爲小患，二百石以外爲大患。見何喬遠記。依舊有沈舟。已鑿終難塞，將淤在急籌。治河兼治漕，何策兩綢繆。

五更渡黄河食頃抵天妃閘

淮强黄勢弱，擘箭出盤渦。水碧見檣影，月明來棹歌。蛟龍三舍避，鷗鷺兩涯多。不用占風色，聞鷄已渡河。

雨泊淮關

鎖鑰嚴關閉，裝囊獨客輕。市樓傳㯶暗，鄰舫吐燈明。酒罷人初静，風高浪不驚。淮南今夜雨，好片滴篷聲。

淮上留别族弟信斯

怡荆好兄弟，五世義門如。每下南州榻，長停中道車。貧來初析箸，老去各移居。尚爾敦宗誼，殷勤一慰予。

淮陰侯廟下作

滅楚還封楚，破齊曾王齊。英雄歸駕馭，股掌若孩提。失國嗟烹狗，糜身付牝鷄。土人憐至骨，廟像儼公主。

泊寶應喬介夫柸過舟中兼餉家釀

翼折桓山鳥，喬家季獨存。再過城外路，及踐別時言。春初，介夫在京師，聞余有長告意，初未之信，故云。風雨藏書屋，鶯花縱櫂園。向爲尊甫侍讀公作《縱棹圖歌》，又爲令兄庶常君題「蒹葭書屋」。舊題如夢寐，負此酒盈尊。

高寶漕渠夏秋凡兩決半月前隄工始就舟行過此有感而作

民力東南竭，官程西北勞。隄防隨處潰，畚鍤不時操。秔稻連塍没，菰蔣比岸高。古來論水利，豈獨爲通漕。

過露筋祠下

舊是鹿筋梁，何年祀女郎。至今留廟貌，考古實荒唐。曉氣蛙魚國，秋聲蚊蚋鄉。人家葦花裏，放鴨滿陂塘。

邗關小泊同年王樓村攜酒就舟中小飲

半日揚州住，爲歡累主人。同年官自達，謂李鱓司。一老分相親。我袖羞懷刺，君囊轉諱貧。攜觴還挈榼，感激爲情真。

過高旻寺輓湘雨長老

宿昔還山約，蹉跎久未忘。高僧先下世，法子繼開堂。物外交遊少，人間感嘆長。餘生知幾日，來炷影前香。

丁亥春隨駕遊金山寺爾時便作休官之想初心幸遂重經山下風便不及泊作詩以結後緣

蓬萊重入望，風引去如飛。指水言猶在，登山力已微。憑誰留玉帶，幸自脱朝衣。余《遊金山詩》有「終脱朝衫披野衲」句。爲報江神道，無田我亦歸。「爲謝江神豈得已，有田不歸如江水」，蘇東坡《登金山》句也。

夜宿常州城外

渡江纔兩宿，今夕到毘陵。酒熟橋邊肆，魚跳柳外罾。烟波千里舶，簾幕幾重燈。漸與鄉園近，惟愁米價增。

梁溪道中

山水多平遠，秋來悉美田。紅薑肥似掌，紫芋大於拳。玉剥菱腰闊，珠收芡粒圓。老饕歸爲口，一味説豐年。

村童籠致黃雀二十尾用六十錢買之放生口占一首

八月野田雀，成羣入市闤。充庖憐爾命，倒篋破吾慳。孰出樊籠外，並生天地間。放飛因戒殺，不是望銜環。

過吴門擬一晤何屺瞻吴漪堂陸冰賢諸同年竟爲風雨所阻戲以詩代柬

屈指筭良晤，到來風雨狂。往還期不偶，跬步病相妨。酒要乘閒置，游須計日償。防他三子笑，歸去有何忙？

初到家二首

其一

生涯與時背，所事率滯阻。六月擇歸期，既雨且當暑。涉秋甫就道，凉意動砧杵。絺綌乃征衣，到家换時序。凄風不堪著，初服已吾許。

其二

久客返敝廬，曩基無改築。南榮望阡陌，西舍通鄰曲。舊時杖白頭，零落多鬼録，後生類好事，開口問朝局。吾衰苦善忘，聾聵廢耳目。報以一不知，惟應話農牧。

中秋桂庭對月與徐韓奕馬衎齋及兒孫輩小飲

桂樹影娑婆，飄香散月波。中秋晴日少，樂事故園多。邂逅成良會，團圞好放歌。兒孫齊在眼，不醉更如何。

省先父母墓

墓祭仍隨俗，君羹不逮親。轉傷通籍晚，無補在家貧。去卜青烏吉，歸瞻翠鬣新。松栽欣免觸，山鹿爾何仁。

行園

畦丁老且死，五畝廢不治。朝來杖藜往，露草紛披披。桑柘析爲薪，藤蘿蔓成籬。池荒鷺羣散，地瘦螘族移。蚤知蕪穢塲，中有茅菴基。畫圖良已具，結搆伊何時。禹慎齋曾爲余作《初白菴圖》。

腹痞

本意歸田樂，翻將病到家。胸中無壘塊，腹内有癥瘕。銖兩醫方誤，毫釐砭石差。去夏在京師針治不效。所憂非性命，衰態自堪嗟。

藥師周晬

去年傳遠信，錫汝藥師名。我老歸初見，兒今齒已生。但求無疾疢，不敢望聰明。撥棄人間事，猶餘膝上情。

九月晦日馬衎齋見過同爲雲岫之遊

近遊老尚能，獨往難決驟。自從竹垞喪，結伴少耆舊。馬仲晨叩門，邀余赴雲岫。放船非意料，勝踐出邂逅。我有一枝藤，筋强節堅瘦。何曾蹞步失，所向傍顛仆。扶衰幸有賴，懶病庶可救。連山際東南，崖竅露晴晝。九十有九峰，一峰爲領袖。前蹤悵未到，初願晚始就。迨此風日佳，後期恐難又。

泊舟甪里堰肩輿行經南北兩湖

水盡乃見山，捨舟遂遵陸。村遥鷄犬散，路狹田禾熟。漸入漸幽深，近身空翠撲。濛濛午曦澹，黯黯秋氣蓄。忽於杳靄中，豁達開心目。三百頃湖光，長隄亘其腹。霜林環四照，倒影漾紅緑。惜哉好畫圖，冷落付樵牧。平生汗漫遊，臨老思歸宿。終當結茅茨，來此占一曲。

晚抵高陽山麓上九曲磴夜投雲岫菴

到山路疑窮，壁立青巑岏。松陰十二轉，一上改一觀。忽聞鷹叫風，側背來高寒。夕陽墮西陸，返景飛彈丸。闃寂禪者居，地偪天形寬。鐘聲落海外，列宿棲簷端。老僧笑迎門，藹若平生歡。謂言登陟險，知我步履艱。汲井爲烹茶，拂牀與安單。蕭然一行脚，只作道侶看。

十月朔五更鷹窠頂觀日出

吾聞堯時十日曾並出，域内大水凡九年。自從羿射九日落，大禹注海納百川，獨留一曜隨天旋。爾來四千一百七十載，朝朝沐浴蛟龍淵。登州蓬萊閣，太山日觀羅浮巔。文人遊跡往往到，鷹窠之頂僻在東南偏。海隅荒陋題詠少，好事或聽旁人傳。率云九月晦後十月朔，是時日月行同躔。初生類合璧，吞吐寅卯前。居民生長此山頂，目所睹記云偶然。況乃遊人一生或間至，何怪欲覩無由緣。我來此處看日出，要是乾坤曠蕩之奇觀。山高地窮天水連，尾閭東洩茫無邊。明星有爛黑氣作，霧非霧兮烟非烟。移時一痕破，滿空血色紅殷鮮。乍浮復乍沈，水底疑被長繩牽。須臾涌出水面圓，紫金光現榑桑顛。自東而西不知幾萬里，一綫倒射洪波穿。亦不知自高而下幾千萬萬丈，一躍直上團團天，觀者目眩心神遷〔一〕。却尋鷄聲到宿處，松窗黑暗僧猶眠。

〔一〕「心神遷」，《原稿》作「頭風旋」。

糴米

官罷無祠禄，家貧斗石艱。致炊誰巧手，欲乞我慙顔。懸釜三秋後，傾囊一飽間。瓶罌防鼠竊，莫笑老夫慳。

祝尚于潘竹村偕過不值各以新詩見投奉答一首

卅載風塵兩鬢絲，得歸翻悔挂冠遲。門無俗客閒何礙，里有耆年晚始知。銜袖方將修半刺，投名先已枉新詩。從今步屧毋辭數，各趁腰輕脚健時。

連日雪不止忽憶塞外舊遊

皋蘇祠下拜龍公，預祝明年二麥豐。稍密儘教封蟄户，漸高休遣没牛宫。久無書寄孤鴻外，曾記身穿萬馬中。誰信茆簷蒙敗絮，出門一步怕頭風。

藩司頒新曆至

天上軒轅紀，山中草木年。授時存國典，頒賜及村田。舊曆行當棄，陳人秪自憐。千官孟冬朔，猶記午門前。

聞王丹思及第之報喜而有寄

有命難終屈，多才豈易量。武英書局議叙，同事諸子先後得官，丹思爲奏事者所抑，迄不得選，復爲畫供奉。蹉跎留畫苑，瀟洒赴文場。一賦辭成讖，三年願果償。喜聞王芍藥，秋後領羣芳。庚寅春，丹思作《芍藥賦》，其結語云：「開時不用嫌君晚，君在青春最上頭。」余戲呼爲「王芍藥」，竟成大魁之讖。

冬至後一日復雪

經旬重遇雪，半月未開冰。積素林光合，微陽井氣升。蕊疎梅尚禁，梢重竹難勝。傳語敲門客，奇寒幸見矜。時有以俗事相擾者。

自題卧室

生踰七九年，考室忝堂構。敝廬足風雨，自我先人舊。塗塈旁免穿，茅茨上除漏。于中劣容榻，圬墁功易奏。蠶繭密包纏，蜂房疏户牖。陰陽有向背，時日無避就。何以占吉祥，甘眠宵續晝。

曉窗展卷有味乎昌黎吾老著讀書之句輒成一律

捨此身何著，蠹書時復翻。味應同菽粟，老豈廢饔飧。請益虚師友，流風覬子孫。却慙更事久，多負古人言。

後十日復大雪

天工如刻期，一月連三白。同雲聚其族，巧作十日隔。初聞檐溜融，旋見瓦溝積。幽人閉關卧，護此一庭潔。里老有好懷，衝寒走相索。叶。豈無新釀黍，與汝回煖熱。肺病適余侵，臨觴主慙客。居鄰幸匪遠，歲晚況休役。有約待晴和，傾壺看新麥。

小齋前移植梅樹

擬徙池東樹，規除砌下苔。最先論位置，次第及栽培。疎影移燈就，生機戰雪回。歲寒吾與汝，滿眼盼花開。

次副相揆公塞外遇雪用舊韵見懷二首〔一〕

〔一〕「次副相揆公」，《原稿》作「次答總憲公」。

其一

遠枉三秋訊，開當雪霽時。斷雲歸岫晚，朔雁渡江遲。舊事炊粱夢，新篇疊韵詩。别前初約在，宛宛見心期。

其二

班行同引籍，掌次近除名。馬上銜寒色，山中曝背情。君才方大用，吾意適孤行。若問菟裘計，鳩巢拙未成。來詩云：「勉酬初白願，爲報一菴成。」

座主宗伯許公枉駕敝廬感今追昔敬賦長律致謝

童穉相親到白頭，公今予告我歸休。二三子外無同輩，五十年前是舊遊。僻地煙霞迎几杖，敝廬風雨傍松楸。多承古道關存殁，在處追隨淚欲流。

閒　咏

延曦開竹閣，向晦掩柴關。世自如烟動，謝靈運詩：「民動如烟，我静而鏡。」吾猶比鶴閒。靈苗須善護，雜念最難删。此境於何驗，無如寤寐間。

臘月雨

五行遞休旺，歲晏陰亢陽。曾是冰霰晨，際兹淫潦妨。一旬恒雨若，物性遂失常。南山慰朝隮，四野烟霾倂。百草萋以緑，苔枝競芬芳。堦前蚯蚓出，檐角春鳩鳴。虹見亦非時，乘機潛發生。頊冥溺厥職，氣洩冬不藏。田間一秃翁，所願歌時康。側身屋漏底，仰視天茫茫。

半月以來坊局史館前後輩削籍者凡二十一人偶閲邸抄慨然而賦

占籍幾三百，同朝半盍簪。故知員太冗，不謂譴方深。枯菀寧關命，行藏各拊心。幸收麋鹿跡，終莫負山林。

癸巳除夕家讌有懷諸弟二首

其一

室煖紅爐炭，窗浮畫燭烟。歲華如夢裏，家慶且尊前。明日晴難料，殘宵醉可憐。龍鍾還自幸，扶病過蛇年。

其二

稍稍初心遂，匆匆節物違。寒庖供野饋，質庫寄朝衣。有弟分南北，時德尹、潤木留京邸，信菴客粤西未歸。無官减是非。一門推我長，齒序也應歸。

敬業堂詩集卷四十三

齒會集盡甲午一年。

甲午春杪，座主大宗伯許公邀楊晚研宫贊、陳梅溪侍御爲娱老會，僕以門下士忝充四人之數，周而復始，迭爲主賓。其秋，同宗兄弟年六十以上者凡五人，復有合醵之飲。大抵季必有會，會必有詩。一年中唱酬者十居二三，因以「齒會」名吾集，亦歸田一樂事也。

元旦大雪

跡遠疎賓客，心空穩睡眠。正宜晴閉户，况乃雪漫天。與世喜無事，爲農占有年。庭梅生意動，報我一花先。

過詩友錢木菴虞山故居

城角三間屋，傾欹少比鄰。半生餘酒債，四海失詩人。兒女早無累，木菴三子，長爲農，次依僧，季業儒，一女歸吾家孝廉姪。身名果孰親。翻憐吾未達，感舊尚沾巾。

上元雨中獨登虎丘二首

其　一

上元無月亦無燈，十里山塘冷欲冰。夜泊扁舟寺門外，梅花樓下弔詩僧。時根紹上人已去世。

其　二

劍池側畔侍宸遊，寓直曾爲三日留。一夢八年還記得，舊題詩在仰蘇樓。丁亥四月，隨駕駐此。

晦日招潘竹村祝良仲叶雝兄弟小飲

舊讀唐賢集，多爲晦日遊。閒中追節物，病起念朋儔。折柬幸能致，開樽聊共酬。貧家稀宴會，何惜小遲留。

臺心菜

未綻黄金粟，先抽緑玉篸。大烹充瓦釜，小摘滿筠籃。不賣何求益，多嘗詎覺貪。齋厨無異饌，童僕也分甘。

雪中玉蘭花盛開

閬苑移根巧耐寒，此花端合雪中看。羽衣仙女紛紛下，齊戴華陽玉道冠。

春分前連日雪

九十春將半，鶯花世界非。向榮違物性，餘慘露天機。幸不多時積，從教到處飛。舊巢雙燕子，社日倘來歸。

春　社

今年社是春分節，半月寒深閉户中。花少有時還朔雪，雨多無日不東風。村巫環珓傳神語，里老豚蹄望歲豐。除却農談吾嬾聽，何煩分酒更治平。聾。

種芭蕉二絶句

其　一

東鄰帶雨移花本，西舍連泥掘藥苗。庭小不曾留隙地，又添牆角一芭蕉。

其　二

卷心乍展影挼莎，葉葉攢成緑一窠。不爲無花偏愛葉，花時長少葉時多。

清明日西阡焚黄感賦二律

其　一

憶昨營窀穸，旋馳赴闕裝。夢常驚冷節，歸及荷榮光。桑梓陰功在，先贈公行善於鄉，至今鄰叟猶能道之。栝棬舊澤傷。踏青諸父老，歎息看焚黄。

其　二

近展松楸路，遥瞻雨露天。有生逢聖代，無禄盡親年。淚落休官後，恩踰卜葬先。誓收清白跡，畢景守岡阡。

亡室柩前焚黄再作一首

一道黄麻制，存亡乃異辭。秖緣吾有愧，不謂爾無知。地下應含笑，生前未展眉。元微之《悼亡》詩：「報答生平未展眉。」謝恩憐孑影，收涕爲羣兒。

喜晴

春光霽後佳，節氣田間正。晨興啓蓬蓽，豁若奩開鏡。岸草既柔穠，渚牙亦鮮盛。村南杏粧卸，村北桃鬟靚。鋤麥農祈秋，浴蠶婦修政。俗醇游惰少，候至赴功競。新火稍出林，舊鄰無改姓。吾家世居此，少長識愛敬。鷄犬聲互聞，牛羊行讓徑。晚尋畎畝樂，益遂桑麻性。寄謝市朝人，誰能逐造請〔一〕。

〔一〕按，《原稿》「請」後注「去聲」。

燕來巢

燕燕來何許，飛飛羽不齊。我方歸舊社，爾又换新泥。借問依人住，何如擇木棲。雨狂風正惡，勿厭草堂低。

客自會城來傳老友翁蘿軒龔蘅圃之意垂訊近狀口占報之

徑荒居又陋，過懶户常關。時事罕聞見，舊交疎往還。嗜從滋味薄，詩到應酬删。二老知予者，因風一慰顔。

去秋手栽海棠一本春不作花而德尹潤木兩家此花最盛戲作一絶寄之

階前手種海棠樹，樹小條疎著蕊難。翻被兩家園主妬，有花偏讓老夫看。

三月二日偶遊硤石精舍

三月風光連上巳，人如蛺蝶鬬裙衫。兩山鐘磬東西寺，十里煙波遠近帆。拄杖我來尋履跡，題詩僧乞署頭銜。篋中亦有新排集，倘許經房貯一函。白香山年六十四，編集寄香山寺。

上巳與子姪輩飲西園海棠花下

寂寞逢嘉樹，流連及令辰。若非攜酒賞，幾負滿園春。絶豔驚雙目，浮光動四鄰。好花如子弟，笑擁白須人。

西林庵浴

我本無垢人，多生依浄土。無端墮五濁，特以有身故。自從歸田來，迷昧晚稍悟。雖逃塵土汩，尚被詩酒汙。蟣蝨緣見侵，浣除急先務。山僧開浴室，午告湯沐具。愛此松下風，解衣入雲霧。微温徹毛髮，積患瘳沉錮。滌腸即未能，搔背不猶愈。老蟬初脱殼，呼吸通清露。嗒焉忘其身，垢膩於何附。

曉過鴛湖

曉風催我挂颿行，緑漲春蕪岸欲平。長水塘南三日雨，菜花香過秀州城。

葆光居賞牡丹兼示祝良仲賓季爾田兄弟五首

其一

帟幕高張白石臺，花情亦似感栽培。已過穀雨三朝後，直待主人歸始開。時賓季、爾田初自粵東歸。

其　二

閲盡紛紛桃杏姿，遲開獨占豔陽時。只消一夜東風力，扶起花頭五百枝。

其　三

道是吾鄉第一花，芳時無客不矜誇。兩朝二百年門第，得似君家有幾家？

其　四

尺三花面大於盤，一丈花梢半出欄。頭白老翁來未晚，霧中看勝雨中看。

其　五

曲宴曾陪賞内廷，蕊珠樓閣隔青冥。一枝歸折非無意，猶有當時舊賜缾。

三月晦日偕楊晚研陳梅溪赴座主大宗伯許公之招流連三日敬賦五言古體詩一章用志盛事兼訂後期

世會賴人持，進難退仍易。公歸天下仰，鄉曲風先被。逖矣黄髮期，曠哉赤松志。遠收伊吕迹，近託張邴契。洛社與睢陽，高情千載嗣。九人不迨半，猥許門生廁。良辰春夏交，勝踐東西寺。年尊耄將及，興逸衰猶未。籃轝出匪遥，杖藤行可寘。堂無絲竹鬧，庭有煙霞膩。外静絶市讙，中虚得池位。雖然營圃墅，亭榭隨布置。不窮土木妖，所以矯豪侈。何嘗廢宴衎，芻豢薄滋味。不列水陸珍，所以警貪鄙。初焉立家法，久乃變風氣。道大等行藏，心空冥同異。乘流坎斯止，衆取我則棄。欲知鵬鷃遊，豈外《逍遥》義。欲知名教樂，即此真率意。一會日經三，一年會須四。非疏亦非數，天賜皆君賜。幸生山水鄉，各有登臨地。創舉良獨難，後期當以次。

從東山大悲閣步上南山道院

山北山南一逕通，又從紺宇扣琳宫。千年樹老根穿石，百尺梯危勢轉空。上界神仙風肅肅，下方樓閣雨濛濛。羽人何福能消受，長在晨霏夕靄中。

過惠力僧房訪葛友峰

穿過林巒第幾層，到門雙屐響登登。祇應趙郡蘇和仲，猶識成都杜伯升。蜚遯難求偕隱伴，張平子賦：「欲蜚遯以保名。」僑居直似此山僧。白頭相對吾滋愧，撒手懸厓尚未能。

題西山快哉樓

東山標一塔，樓與塔尖齊。日月光先到，松篁勢盡低。爽宜延眺聽，老漸怯攀躋。緣境隨時結，詩成信手題。

碧雲寺以上四首，皆硤川遊歷之作。

徑曲耐幽尋，杉籬步步陰。煙光遮市斷，殿影赴潭深。昔受栴檀供，今傷樵牧侵。欲知增減劫，成壞視禪林。

信庵貽我湘竹筆几

往與陳六謙。楊晚研。輩，結交始臨池。我腕不能懸，落筆恒苦肥。至今衫袖上，墨汁烏淋漓。十年課官書，猥充抄寫爲。一從抛筆墨，有指如駢枝。愛弟粤中來，美竹貽湘妃。斑筒圍五寸，文采光陸離。銛刀剖其半，承臂良所宜。惜哉硯田荒，此几將安施？毋忘持贈意，三復幼槃詩。謝幼槃《筆几》詩：「當君持贈恐不堪，大似無功饗鼉虎。」

座主許公别後寄示七律二章叙連日山游之樂再次來韻

其一

溪山佳處榻長懸，暇日追倍樂境偏。靈運賦中行采藥，《康衢》歌裏看耕田。厭逢俗客談時事，閒與鄉人結善緣。雨笠風襟無恙在，畫圖容易着神仙。

其 二

茫茫宦海闊無邊，幾見虛舟濟巨川。白香山詩：「巨川濟了作虛舟。」退步始知原有地，掉頭誰信不關天。高人入社同招隱，大老還鄉例好禪。得御籃輿吾竊幸，乞身多及太平年。

自西阡步登龍山小憩妙果寺成鏡軒

杖藜無百步，欄楯有千家。未覺平簷淺，全虧老樹遮。童挑西澗水，西阡之北有泉，去此纔半里。僧製本山茶。佛日長如此，何愁莫景斜。

村家四月詞十首

其 一

茅苫枳落趁高低，草色平鋪樹影齊。一片綠陰行不到，家家門外有黃鸝。

其 二

生長蘆村與葦鄉，單丁門户怕逃荒。春來娶得紅裙婦，添壓橋南百本桑。

其　三

去年桑葉賤如毛，今歲蠶多葉價高。大抵乘除常得半，半償安分半償勞。

其　四

小滿初過上簇遲，落山肥繭白於脂。費他三幼占風色，二月前頭蚤賣絲。三幼即三眠也，見放翁詩自注。

其　五

野老籬邊獨一家，卧聞隔竹響繅車。開窗自起看風雨，日在牆東苦楝花。

其　六

活東幾日變蝦蟇，細瑣謀生亦有涯。租得山田還帶漊，種菱時節種魚花。

其　七

蠶忙粗了接農忙，早晚官符不下鄉。見説城中多大户，帶征猶欠隔年糧。

其　八

大麥離披小麥黄，連朝次第欲登塲。開籠莫放新鵝鴨，怕損鄰田二寸秧。

其九

一尺良田種一科，語出《齊民要術》。旱年宜黍水宜禾。老農信口言皆驗，比似兒孫閲歷多。

其十

山妻赤脚子蓬頭，從此勞勞直過秋。海角爲農知更苦。合家筋力替耕牛。

寄徐觀卿庶常四首

其一

人間路狹田間闊，天上官多地上稀。難得玉峰徐吉士，簉朝廿日便思歸。來書云：「平生官况，以廿日了之。」

其二

乞歸初不爲鱸蓴，肯作江東第二人。霧豹一斑窺寸管，雲龍半爪現全身。

其三

跨鳳驂鸞幾隊行，列仙名籍滿瑶京。不須更説鷄棲樹，阿閣巢多自見輕。

石公山下約耕雲，十畝桑麻許見分。觀卿有别業在洞庭西山，與余曾爲卜築之計。我爲退難歸已老，可憐事事不如君。

其　四

副相揆公惠寄人參一斤賦謝

官非致富具，官罷適得貧。獨不奈病何，父吟兒復呻。時兒建亦患病。貧家抱富病，動與參苓親。東産禁入關，南方價彌珍。十金易一兩，又苦贗雜真。投之湯劑中，日飲僅數分。持此望瘵疾，越人視秦人。荷公千里懷，拜貺俄盈斤。瑶光散藥笈，紫炁交斑璘。《春秋緯》：「瑶光星散而爲人參。」《禮緯》：「下有人參，上有紫炁。」沃以碧琉璃，蓺以紅麒麟。庸醫亦色喜，奏效如轉輪。果然黍谷寒，變作陽崖春。公惠洵已厚，我愸鬱難伸。雖延草木年，等是幻泡身。所期調元手，旦晚秉國鈞。時聞枚卜列名。溝中多待澤，一老何足云。

德聞姪以先京兆公加贈嘉議大夫誥命一軸見示敬題於後

吾宗京兆之子孫，當時濟濟推清門。大賢餘澤久漸替，先代龍章今僅存。族譜亭前一回首，欲斥斯人言可醜。若教此軸落渠家，賣珠毁櫝夫何有。本支冢孫弟兄搆禍，蕩盡先人餘業，故有此歎，不忍斥其名也。珍藏似爾豈非賢，中有詒謀二百年。科名仕宦尋常事，世業終須孝友傳。

余舊蓄古鏡一枚形正方背有飛魚二鱗鬣生動周遭一百八十乳水銀徧裹上著血皴朱砂斑不知何代物也偶閱元裕之集馬雲漢家方鏡背有飛魚與此形模正合元有七律一首載集中疑即馬氏故物而今爲我有喜續一篇紀之

馬家古鏡形模異，人世皆圓爾獨方。細乳流丹周四角，爛銀磨鼻貫中央。出波鱗甲飛如活，透骨頗黎冷放光。知有廉隅難入俗，合歸老子爲收藏。

蟻鬭

飯罷徐徐捫腹行，階前蟻陣太縱横。巧排睢水常山勢，鏖戰昆陽鉅鹿兵。國手圍棋分黑白，村兒鬭草計輸贏。轉頭一笑全無爲，不解當場抵死争。

兒建補官北上兼寄德尹潤木

爾往因門户，吾衰且杖藜。行期今始決，藥裹病仍攜。時兒病尚未全愈。老閲晨昏易，貧難出處齊。京華見諸叔，有信共緘題。

梅雨將至曝衣庭下睹舊賜紗葛袍感賦

一桁高懸犢鼻褌，篋中剩有賜衣存。爲防梅黦重開看，閒與兒曹説主恩。

禾郡試院古柏曾濟蒼繪圖索詩即次原韻

龍筋纏左紐，鶴骨錬孤形。閲士幾頭白，遇君方眼青。愛頻攜畫卷，惜未入圖經。變化誰能料，風雷或晝冥。

德尹陞侍講却寄

雁行官序記隨肩，余兄弟三人同官編修，每入朝班，仍以齒序先後。久次今來合轉遷。用《漢書·孔光傳》中語。聊與家門增氣色，也勝陪點六年前。己丑初夏，春坊日講員缺，奉旨選擇掌院，曾以余名擬上，既而用陳鍾庭。

生日示兒孫

家世少高年，傷哉傳父祖。吾生良過分，六十已踰五。自爲鮮民來，奔走備艱苦。每逢先忌日，雙淚落槃俎。忍復受稱觴，成行拜兒女。殊非老人意，轉觸傷心緒。世教日以漓，五鼎儉三釜。厚己薄所生，逢辰競華詡。其或侈宴會，開筵召歌舞。此風非自今，此事尤不古。矧余衰且廢，徇俗一無取。仕宦閲十年，依然北門窶。先廬僅無恙，聊足蔽風雨。常恐病見侵，去來難自主。未知從兹往，尚復幾寒暑。但願汝曹賢，甘貧守前矩。貽清義有在，何用斡吾蠱。

夜枕喜雨

挂壁閒龍具，黄梅十日晴。忽聞中夜雨，殊慰老農情。枕簟通霉氣，溝塍走去。水聲。跳蛙如送喜，不厭繞除鳴。

庭前蜀葵十二韻

蜀葵吾手種，五月儼成林。葉葉青蒲扇，株株碧玉簪。卑叢猶計尺，高榦突踰尋。耐久誰如爾，敷榮方自今。此花自五月至初秋，相續不斷。有花偏犯暑，得地肯移陰。抱素矜孤潔，中有白花一株。施朱競淺深。露晞疑濯錦，風暖快披襟。爛熳知時及，欹斜怕雨侵。寧無衛足智，尚有向陽心。石竹羞相亞，山榴妬不禁。畫工難設色，詩老獨搜吟。莫漫嫌貧窶，芳醪又一斟。韓魏公詩：「芳醪對一斟。」許魯齋詩：「但恨主人貧且窶，不教相對舞衣紅。」皆咏蜀葵句也。

日本繡毬花

南風來海外，吹綻小團圞。吐萼初含緑，染根俄變丹。垂垂懸蹴踘，衮衮壓欄杆。雨打戎葵折，留渠愛惜看。

盆池荷葉

藕梢種盆池，初葉青錢似。一葉復一莖，漸看翠蓋起。豈無十丈花，奈此三斗水。託根適有制，小器吾局爾。

家童以梅水滌硯既申諭之復詮次成篇當僮約一則

梅雨降天泉，其甘甚仙醴。瀹茶需此味，久貯益清泚。罋盎謹蓋藏，非時不輕啓。客嘉乃一薦，視若大烹禮。研垢利亟除，無端用泉洗。殷勤示《僮約》，誤事胡可底。開池用養魚，汲井用淘米。貧家用水法，一一須酌劑。推類以及餘，吾言當善體。

雨乍晴

鬖髿落草與堦平，屋漏痕餘滴瀝聲。老去一身隨燥濕，漫勞鳩鵲報陰晴。

觀插秧二十四韵

百汊通舟檝，千畦罷櫸槔。人情須解澤，天道豈屯膏。夜足分龍雨，晨添浴鷺濤。渾渾泥破塊，汩汩溜鳴槽。及見苞初拆，先期種浄淘。《齊民要術》：「浄淘種子，經三日漉出。」露苗齊若剪，風葉弱於繅。維耦羣衣襏，于田畢赴鼛。事因當務急，義取立根牢。寬解青腰束，匀鋪緑罽氂。橫從分緯經，去。行列準茅綯。滑澾聊防蹶，瘡痂那暇搔。胼胝兼踵趾，仰俯混頭尻。正爾如針細，何時比岸高。栽培從幼穉，功力積纖毫。小鴨浮烏背，新鵝没乳毛。篝車思預祝，稂莠待徐薅。餉婦烹蠶豆，皤翁壓麥糕。放翁詩：「旋壓麥糕邀父老。」《衢》歌鄰巷答，《豳》樂土風操。身雜耕耰侶，心知稼穡勞。問誰司命扈，笑我代烝髦。偶倚孤藤杖，閒攜半榼醪。勸農勤本分，撫己愧嬉敖。有蟈除灰鞠，《周禮·秋官》：「蟈氏掌去鼃黽，焚牡鞠，以灰洒之則死。以其烟被之，則凡水蟲無聲。」無蟲慮食桃。「蟲食桃栗貴」，亦見《齊民要術》。豐年斯在眼，秭鳺已先滜。《史記》：「百草奮興，秭鳺先滜。」

梅雨初霽

隴畝有惰農，無端負春稟。十年京洛住，風氣習高燥。左臂雖病風，土脾幸未槁。還鄉豈不樂，顧己迫衰老。翻畏梅雨多，侵膚劇蚧蚤。兒童報新霽，起視天宇好。蟬嘒林葉初，鷄鳴曙光早。微颸自南來，掩冉被庶草。夏課晨有程，方當事研討。曝書良先務，趁此日杲杲。

舶趠風歌〔一〕

吾聞千里以外風不同，人間乃有萬里之長風。來從海上梅雨後，紀自西郊野叟眉山翁。古稱博物家，無若周元公。《爾雅·釋天》篇，八方風色以類從。北凉西泰凱南谷自東，頹猋飄庉暴昌曀，一一命義無相蒙。《周禮》保章十有二，妖祥乖别占荒豐。下而莊生《齊物論》，以至應劭《風俗通》。颼瀏飀飂飆颸颮，叫嚎吒吸咬于喁〔二〕。名雖巧排比，語實工形容。舶趠之名特未悉，土俗傳説惟吴中。吴中五六月，水盛溽暑方藴隆。此風東南來，一掃雲翳還虚空。商羊黑蜧潛厥蹤，炎官亦退三舍避，大啓槖籥伊誰功。三日濕氣消，五日暑氣融。連綿七日九日尚未止，快哉何暇分雌雄。羊角初從何處起，合而爲一浩蕩來無窮。丘真人《西游記》：「風初起如羊角，須臾合爲一風。」國家象胥譯九重，白雉入貢兼青熊。良商豪賈狎海童，高帆幅亞榑桑紅。中男長女各效職，飛渡溟渤如輕鴻。此時田間一老翁，置身恍在蘭臺宫。不知人生更復有何樂，但向北窗高枕卧聽聲蓬蓬。

〔一〕按，《原稿》題下有注：「事見《東坡詩序》及《庚溪詩話》。」

〔二〕「吒」，恐誤，《原稿》作「叱」。

鷹毛扇

稜稜疑戴角，六翮舊稱雄。誰翦摩雲勢，而爲弄袖風。近身無棄物，當暑奏奇功。莫逐斑妃扇，秋來怨篋中。

庭前新設日棚

奇峰突兀升，晨莫多幻狀。羣來燭我室，火令方用壯。誰能待凉秋，坐受驕陽亢。貧家愛惜費，奇計役心匠。架木於中庭，從乾取巽向。《宅經》云：「從乾向巽，名入陰。」東西墻所限，南北稍通望。剖竹以爲椽，縛繩乃施帳。卷舒一夫力，自我刱新樣。天亦無如何，居然聽人抗。片雲風不散，赤日走其上。但覺晝景長，焉知炎勢王。解衣盤礴卧，客至蒙見諒。憶昨扈從年，孱軀昧自量。跨鞍五六月，萬竈逐焚煬。渴飲道旁泉，形神聊一暢。勞筋誓永息，疲馬就閒放。跡遠倦驅馳，情孤愜宜當。青藍十幅布，氣壓錦步障。即事不願餘，休陰獲微尚。

雨後納凉

夢過雷霆了不驚，起來凉月在南榮。静中機候誰先覺，已有一蟲堦下鳴。

六月廿二夜熱不能寐五更起步庭下徘徊到曉

夜熱不成眠，展轉達五更。開門上殘月，適與微風迎。大火將西流，銀河去無聲。林亭散疎影，露葉涵虚明。薨薨羽蟲飛，喔喔村鷄鳴。身如閒草木，受此旦氣清。

沈松年觸暑見過爲余寫行藥圖小照贈之以詩

昔年三十四，張叟爲寫照。是時氣方豪，抱膝坐長嘯。癸亥夏，張子由爲余作《槐陰抱膝圖》。侵尋落塵網，行止非意料。一夢迫桑榆，回頭失吾少。自觀疑隔世，那免旁人笑。沈生技入神，下筆天下妙。曩者京洛遊，不輕貌權要。朱門致厚幣，却去臂頻掉。獨愛山澤臞，足音赴蓬藋。老夫正避客，畏熱如畏燒。瀟灑實藉兹，掀髯引同調。吴縑六尺雪，静對屏聽眺。三日畫始成，投牀忽狂叫。張圖示左右，童稚皆曰肖。迺知神理憑，在骨不在貌。一杖兩㛹𡟹，清凉徹毛竅。高楊蔭風渚，密竹移烟嶠。外勢拓微茫，中深藏窔㝔。過橋茅宇遠，轉徑柴籬繞。力圃方自今，幽情老彌劭。允宜置丘壑，何用談廊廟。稍待條甲成，重煩添藥銚。

偶得鸛雛畜之階下旬日馴擾如家禽

老鸛巢古木，孤雛失遥汀。養之羣鷄中，旬來食宿并。草際飛拍拍，花根立亭亭。有時照盆池，長喙梳短翎。適逢螻螘飽，暫脱魚蝦腥。方當竭澤時，時亢旱，河流枯涸。何處潛汝形。不如儕野鶴，飲啄且一庭。

苦旱

火雲燒海壖，禾黍供焦燔。是田拆龜兆，下隰高平原。山根曲曲谿，近溯十里源。其流本易涸，三尺淤泥渾。何當千桔槔，渴若接臂猿。下飲罄呼吸，涓涓寧復存。一井給百家，乞漿稍出村。人情靳所少，昏夜拒叩門。我有小池水，舊未資灌園。經旬漸將枯，遑救鰤與鯤。畦丁仰沐浴，爨婢充缾盆。緩急吾豈無，義從易地論。開園聽使汲，兩不受怨恩。暍者盈路旁，其能以手援。喟然望雲漢，安得天瓢翻。

立秋後四日得雨喜疊前韵

雷鞭起龍蟄，電火林欲燔。急雨隨秋來，沛然滌焦原。出高而施下，天澤殊泉源。頓令赤埴墳，化作塗泥渾。物情俄頃變，判若王孫猿。柳子厚云：「猿之德，静以常；王孫之德，躁以囂。」向來沸蜩螗，闃寂無一存。鷄犬聲逾静，羊牛亦歸村。但見簑笠翁，倚杖臨柴門。濁酒貰鄰曲，農談慰田園。檐低劇投蜆，海近疑徙鯤。汲婦免抱甕，浴童喜傾盆。西成即未知，姑以目睫論。良苗與秕稗，各被霑濡恩。我亦領新凉，詩筆聊復援。閒庭有花木，枝葉爲翩翻。

雨後遣興

秋田一雨洗萌芽，餘潤還沾學圃家。苦竹鞭抽行地筍，戎葵梢放出籬花。身憂天下原非分，老覺浮生亦有涯。野色閒門無客扣，夕陽影裏數歸鴉。

重至西湖雜感六首

其一

行宮昨巡幸，侍從偕東枚。詔許孤山遊，緣坡陟崔嵬。高亭揭佳要，御書「佳要亭」，在孤山最高處。正面湖光開。再到踰八年，重扉鎖蒼苔。夕陽錯金碧，竹樹浮樓臺。聖主軫民艱，翠華無復來。湖流亦漸縮，清淺如蓬萊。

其二

三百六十頃，葑田半平蕪。泊舟湖心亭，坐失西南隅。兩隄遞隱現，彌望菰茭蘆。吳中連歲荒，竭澤準此湖。誰興百年利，開濬繼白蘇。

其三

菩提古律院，中有禪者堂。兒時侍我翁，曾宿道公房。奄忽五十載，沙彌成老蒼。爲言禪堂灾，室被池魚殃。師徒二三輩，借歇鄰僧牀。世苦善緣稀，十方如一方。我貧正髣髴，何以副汝望。昭慶舊寓被火，住持僧乞余重作《募緣疏》，故云。

其　四

故人喜我來，謂鄭春薦、高詵仲。有約晨往餞。中流泛彩鷁，酒果諧終宴。殘暑颯以收，荷風偃秋扇。各陳别中事，過去同掣電。齒脱頭亦童，是形無不變。惟留真面目，重與吴山見。

其　五

昔我同朝友，蘿軒翁康飴與田居龔蘅圃。竹深章豈績乃同年，通籍甫歲餘。後先解組去，各守先人廬。錢子我持我彌甥，比亦賦歸與。世途日湫隘，親舊旋凋疎。合并復何幸，皓首仍相於。湖山近可樵，湖水淺可漁。此生知幾見，莫負秋風初。

其　六

潯陽賢郡守，朱恒齋時客吾郡。歷政廿四年。罷官世業盡，無計營歸田。揭來泥馬城，卧痾僦市廛。良醫天下少，買藥慳囊錢。我欲招使出，一覽江湖天。足攣兼畏風，躑躅行不前。當路非無交，車音聽跫然。惟餘老賓客，同病心相憐。

龔蘅圃屬題田居圖圖爲王石谷所畫三首

其　一

我愛西泠龔侍御，《候樵》《開徑》擬村莊。前身似是黄清遠，好補《田居》辭九章。元浦江黄景昌，自號「田居子」，作《田居古調辭》九章，事載《吴淵穎集》，惜其辭不傳，《候樵》《開徑》，九章中篇名也。

其　二

更愛虞山王石谷，爲君破墨寫桑麻。晚年變盡大癡法，瀟洒自當名一家。

其　三

上洞烟波下潩田，朱陂楊柳陸池蓮。爲農果若畫中樂，吾亦嬾尋辟穀仙。

到湖上不及訪諦輝禪師而歸寄詩代柬

諦公世壽八十八，見説形神倍清拔。有時挈缽身入城，健若雲端出巢鶻。隨行不用木上座，一日往還能步戛。葛藤斬盡松性孤，那怕霜根被纏殺。開堂説法踰四紀，坐斷高峰梵王刹。一拂何曾肯付人，問着三交兩頭瞎。似憐我是無家客，遠枉山中八行札。我來便合去尋師，却向石頭防路滑。雲林咫尺徑未到，回首湖西山鬱鬱。明年擬坐雨安居，眼膜終須寶篦刮。

題章豈績觀碁圖

宇宙一碁局，白黑兩戰場。細極蟲蟻微，大而至侯王。胥爲競心役，得失争毫芒。遂令坦坦塗，崄巇劇羊腸。可憐橘中叟，機事亦未忘。國工吾不知，童稚勝老蒼。圖中一童子，與老叟對局。所以達觀者，袖手於其旁。

從姊丁節母八十壽令子修遠來乞詩

吾家賢姊丁節母，年二十七稱未亡。是時殉夫勢不可，有兒在抱姑在堂。夫之兩弟尚小弱，形影相傍何倀倀。婦供子職母兼父，兄道亦以丘嫂當。皇天欲貞苦節苦，一一艱瘁教親嘗。粧貧固已少簪珥，時絀又復罹凶荒。淚流繼血食有指。骨盡吸髓炊無糧。秋看烏哺感魚菽，春睹燕乳憐粃糠。晨舂寧資相杵力，夜績肯借鄰檠光。全家仰俯賴操作，母不自白旁人傷。阿婆下世兩叔娶，寡鵠矢志孤雛償。父遺一經課使讀，世業克紹孫成行。乾坤豈終靳雨露，松柏要必經冰霜。蓼荼茹盡蔗味出，佳境漸入今方將。母年八十兒六十，白須綵袖前稱觴。中秋節近風物爽，桂樹蔌蔌飄天香。月中之兔爲擣藥，長生會得仙娥方。

西園早桂八月始花偶拈二絶句

其一

兩株桂自先人植，歲歲開當七夕前。校是今番花信晚，秋香還占别家先。

其二

消息西風任客傳，花時長結一村緣。而今勘破黄山谷，鼻孔猶爲晦老牽。

季方兄招同聲延兄曾三芝田兩弟於西林菴爲同宗五老會席間喜賦時甲午中秋前三日

古人重睦族，籩豆禮無廢。奈何世教衰，此義久云晦。家宗遠有緒，望實鄉國最。《伐木》歌卒章，吾猶及前輩。宦遊鹵莽出，晚景侵尋逮。歸到忽一年，余去秋八月十三日抵家，今恰一年矣。病多逃酒債。喜聞折柬召，唤起初心在。八月撰良辰，五人合嘉會。兩兄吾所敬，兩弟亦吾愛。居近三里中，年皆六旬外。茅菴傍先壟，徑轉蒼山背。風日假清光，松篁發幽籟。僧來具茶荈，童去擷鮭菜。飛動愜平生，老狂餘故態。流光弦釋箭，盛壯已難再。但願五白頭，偷閒輒相對。

中秋雨集拙宜園賦呈宗伯座主晚研前輩二首

其　一

節到今年正，秋分此夜中。是日秋分節。重尋三宿約，惟欠一人同。陳梅溪以疾不至。巷氣通荷葉，林香入桂叢。滿城傳勝事，來看雪髯翁。

其　二

可惜團圞月，雲封得樹堂。檐虛燈動影，池闊水生光。聽雨篷籠外，吟風几杖旁。平生師友在，到此分真忘。

十七日陪遊秦駐山得詩六首

其　一

夜雨晨乍晴，兹遊天所許。擷筇出煙郭，振步凌雲嶼。公本海鶴姿，飄然命儔侶。身輕無險徑，心曠得豪舉。誰云溟涬寬，直欲巾笥貯。出郭。

其　二

社稷已丘墟，冕旒尚祠廟。當時伐山處，馳道餘蓬藋。可憐愚氓愚，不記暴秦暴。家家棧羊豕，坐享血食報。今年旱太甚，水乏蘋蘩芼。毋乃爲神羞，徒憑山鬼嘯。始皇廟。

其　三

平生汗漫遊，不識蒼浮子。今來尋別業，愴若經蒿里。好事賴閒僧，詩名猶在耳。山林耆舊盡，太息烟霞委。詩老徐滄浮别業。

其　四

山後石狀狠，山前林靄濃。名藍繚而深，風氣于焉鍾。下有千頭橘，上有百丈松，潮聲卷地起。響答出谷鐘。禪扉日日開，未缺茗椀供。留題紀歲月，孰繼三人蹤。半潮菴老僧出素册乞詩。

其　五

家住錢塘西，未觀曲江濤。及兹陟海嶠，遑惜攀躋勞。長風東南來，吹我上嵋嶆。忽然空四顧，快覺身歷高。井底俯孤城，三面被浪淘。築堤效精衛，木石焉得牢？誰能驅此山，外捍兀巨鼇。絶頂觀潮。

其　六

秦鞭不可施，頑礓倚天外。一山坐少肉，佛力將安賴。榛莽長於人，菴廬小如蓋。忘機任去住，涉境有成壞。置身萬仞岡，達者觀其大。少陵固云爾，臨老斯遊最。茅菴。

食新米

秋水通港脉，吴船來海濱。稍聞米價賤，歡喜動四鄰。荒厨乏宿舂，八月亦食新。雖然營一飽，力惡不出身。薄宦比曼容，退耕輸子真。餘甦到僮僕，并作浮惰民。官鼠竊太倉，家鷄仰空困。物生各分定，吾自棲吾貧。

由葑門至牧瀆舟中喜晴

積雨川初漲，秋晴候尚暄。帆移背城路，竹密近山園。野市漁樵散，人家鴈鶩喧。太湖知漸近，水色半清渾。

重過鄧尉大司寇徐公墓與公子觀卿話舊二首〔一〕

〔一〕按，《原稿》「尉」後有「謁」字。

其一

昔會尚書葬，重來二十秋。好山增氣色，高蔭鬱梧楸。賤日蒙青眼，流年感白頭。及門多著録，檢點幾人留。

其二

藉甚賢公子，歸來一壑專。論文空老輩，誓墓及中年。跡忝同朝舊，姻從世講聯。觀卿與家德尹爲兒女親家。相看多道氣，應許數周旋。

五雲洞

鄧尉山形斷，柴莊嶺脉延。言尋五雲洞，試酌鉢盂泉。草偃秋迷徑，林深午見天。老僧年七十，揖客鳥巢邊。

午飯東山庵

村落樊籬外，人烟墟墓間。稍穿蒙密路，又轉一重山。樵擔行相引，禪扉晝亦關。薄遊煩地主，裹飯慰衰顏。

晚入聖恩寺瞻漢月禪師塔與古菴老衲茶話

鐘聲天半落，麗刹占岑隅。地拔千章木，門開萬頃湖。來因瞻影塔，老喜接浮屠。倚賴青藤杖，隨行勝給扶。

重陽日由鄧尉坐罛船沿太湖濱抵漁洋灣登法華嶺與觀卿拈韵各賦五章

其一

九日乃溯流，古來無此法。適兹泳游趣，遂與魚鳥狎。望望銅坑橋，前行出蘆夾。湖光三萬頃，際眼窮一霎。地盡日脚垂，天低浪頭壓。近山浮蛟鼉，遠艇點鳧鴨。奇懷洵曠蕩，良會殊欣洽。滿載洞庭春，十分傾醮甲。黄柑釀酒，名「洞庭春色」，見東坡賦。

其二

鏡面三十里，淼瀰似無涯。片颿截湖來，小泊當崟岈。居民雜耕釣，竹樹環坳窪。中有佛者宫，法華及曇華。頭陀不好事，籬落無黄花。手拾墮巢薪，爲余烹土茶。屋山見微徑，林隙縈修蛇。直上千仞顛，迴身俯烟霞。

其三

新城老詩翁，于焉戀清景。漁洋曾自號，四海傳歌咏。阮亭王先生絶愛此中山水，因自署「漁洋山人」。僂指今幾何，勝遊閴如屏。履綦已陳跡，我到踵前猛。濤聲拔湖洪，飛上萬松頂。西風迫吹帽，新鴈時一警。俯仰有古今，徘徊惜俄頃。誰爲後來者，繼躡最高嶺。

其四

折柬不可致，陪遊欠詩僧。謂湘鄰禪師。兩人亦不孤，勇往快得朋。平生偕隱願，躧步氣益增。西指小九天，西山林屋洞爲十小天中第九天，觀卿有别墅在其下。下有田一塍。買鄰鄰苦少，約我我未能。具區舊志荒，文獻於何徵。君家富圖籍，攷證庶足憑。我雖腰脚頑，肯辜手中藤。焉得七十二，峰峰與同登。

其　五

是節古所重，吾生隨所遭。向來閲星霜，南北毋已勞。有時泥飲伴，座上争題糕。間亦吐狂詞，氣粗陵二豪。塞垣九月雪，氈帽蒙戎袍。陪獵入圍場，分麾行燎毛。乞歸復何事，雙鬢餘蕭騷。左臂雖病風，尚堪持蟹螯。地鄰甫里陸，心契柴桑陶。君壯我就衰，逝波日滔滔。明年身縱健，何處重登高。

重陽後十日曾三弟招集西林菴是日微雨杲山法師不期而至

再舉重陽會，何妨十日遲。林巒真得趣，晴雨總相宜。踏屐堪尋菊，登高例有詩。閒僧來不速，社飲倍淋漓。

立冬後二日座主宗伯公偕晚研梅溪枉過村居次日移榻妙果山房再遊菩提寺得詩四首

其　一

乾鵲聲中客款門，畫船啣尾泊籬根。掃除黄菊荒蕪徑，映帶丹楓穲稏村。半月先期傳父老，一家喜氣到兒孫。海山不盡東南望，登陟應須次第論。

其　二

桑榆餘煖在田廬，初約重尋幸不虛。行處聚觀傾里巷，有時問答及樵漁。能文客到先投句，時徐觀卿至自玉峰，詩先成。好事僧來盡乞書。晚研工書，所至楮墨堆案。寄語同朝諸大老，莫將八座傲懸車。

其　三

招提游更招提宿，四五人添八九人。時許伯勤、馬衎齋、杲山法師俱入座，承、楨兩兒亦侍行。自有此山無此會，勿論誰主復誰賓。靈泉怪石供幽賞，煦日和風應小春。知是它生緣境在，每逢佳處輒逡巡。

其　四

流光已付陶甄外，世味多消朴率中。省對柈筵慙地主，免教冠蓋炫鄰翁。熊羆起渭嗤何晚，蟋蟀歌唐儉可風。報答朝恩還有處，白頭相見祝年豐。

仲冬二日招諸兄弟續舉真率會明日芝田弟詩來次答一首

弟勸兄酬又一堂，依然同産似君良。《唐書·孝友傳》：「劉君良四世同居，雖族兄弟，猶同産也。」小春已過冬猶暖，短晷雖移夜甚長。老去喜爲無事飲，興酣聊鬥此身强。明朝夢覺三竿日，始信齊州接醉鄉。用東坡《睡鄉記》中語。

再次曾三弟見投原韻二首

其一

橋欹路滑限東西，一櫂來尋曲折溪。每愛招邀聯近局，又從唱和得新題。陋邦笑我詩同鄶，雅量輸君酒到齊。木盎瓦盆隨分設，何須几上復加綈。《鄴中記》：「冬月几上加綈。」

其二

人中聲叟飲中仙，挹袂何妨更拍肩。地僻魚蝦貪入市，天晴箕畢快移躔。是日早雨晚晴。松筠歲晏留賓賞，莞秸庭空待雪填。却笑竹林惟二阮，同時應少弟兄賢。

抄書三首

其一

人言冬是歲之餘，自分生涯伴蠹魚。比似王筠猶有媿，白頭方解手抄書。《南史》：「王筠愛《左氏春秋》，凡三過五抄，餘經子史皆一過，未嘗倩人假手。」

其二

無數空花亂眼生，摩挲細字欠分明。西洋鏡比傳神手，八廓重開爲點睛。

其三

烏鷄已療病風手，秋兔猶存見獵心。炳燭餘光吾若此，兒曹那不惜分陰。

臘月雷

天公號令何其乖，夏慳膏澤冬發雷。先期三日礎流潤，雪候變雨成黄梅。螻蛄夜啼蚯蚓出，有聲來自南山隈。豐隆倒行坤軸裂，霹靂上劈天關開。吾聞《宵雅》哀《十月》，矧迺歲莫陰陽催。至尊端拱穆清上，宫府庶事歌康哉。震來虩虩百里爾，特向山谷鳴邅回。《淮南子》：「邅回山谷之間。」陋儒鰓鰓誠過計，誤信耳目生疑猜。庶徵休咎豈關汝，一飲且釂消寒杯。

池上梧桐一本先君所手植秋來忽枯家人析以爲薪用作此歎

苦竹不實鳳苦飢，霜風拗折枯桐枝。知音者希巧匠死，琴瑟之材同㡉廖。我來撥灰三太息，重是先人手親植。紛紛桃李總輿臺，從此荒園少秋色。起結二句，用太白詩語。

十二月十六日赴青芝山會座主尚書徐公葬感賦二首

其一

清德宜鐫石，佳城仰賜金。公以少宗伯贈尚書，恩給全祭全葬，異數也。哀榮朝典備，存殁主恩深。十郡千人會，三年獨子心。謂大司空。反虞猶孺慕，未忍進祥琴。

其二

視我真猶子，從公始得師。乙丑春，公爲國子司業，余時備弟子員，親授作文法度。有經傳舊業，無路報深知。夢奠嗟何及，歸休悔稍遲。余於癸巳秋長假還鄉，公薨一年矣。寢門餘痛在，淚雨滴青芝。

祀竈一首

一年俄逼臘，爆竹接比鄰。不用儺驅鬼，自將詩送神。晨餐甘脱粟，夕爨付勞薪。此意天應諒，吾非媚竈人。

敬業堂詩集卷四十四

步陳集起乙未正月，盡五月。

謝病歸來，杜門七百日矣。不得已而作閩游。憶戊寅春夏間，偕朱丈竹垞南行，今往還仍取此路，東坡詩云：「團團如磨牛，步步踏陳跡。」用以名集，聊當解嘲。

元日立春大雪

家居閱兩年，連遇歲朝雪。東風不解凍，就我作冷節。鄰比莫往來，應門乃虛設。野人喜無事，復此庭宇潔。薺麥正青青，蘭芽爲誰茁。

二日喜晴

昨日既喜雪，朝來復快晴。開軒納東曦，檐滴微有聲。天豈去我遠，始和得人情。呼兒具紙筆，枕上詩已成。

四日西園散步得三絶句

其　一

算是今年第一回，草根殘雪尚堆堆。春風氣力强於杖，扶起衰翁踏凍來。

其　二

三日爲期已過期，晴光先動碧琉璃。苔枝照影魚兒躍，及取冰開鷺未知。

其　三

疎籬外繞翠檀欒，梅橘中栽五畝寬。抵得實封三百户，頭銜自署老園官。

人日赴榆村兄真率會二首

其一

七十三翁齒最先，人言兄乃地行仙。白頭兄弟肩相並，不敢誇張說少年。

其二

容易開尊得故鄉，况逢雪後好風光。梅花消息巡檐近，絶勝題詩寄草堂。

上元前二日芝田弟招集深寧齋席上次韻

杖履從遊地，難忘直至今。余少日詩文極蒙伯父霍丘公賞識。風流前輩盡，結託晚年深。照座紅燈入，當杯白髮侵。懷新兼感舊，愁和郢中吟。

西阡老梅一本不知何人所植花時偶與諸兄弟婆娑其下芝田有詩再次韻

千林一樹特標奇，冰雪初消雨未滋。問著不知誰手種，却來與我伴衰遲。

送湯納時表弟赴吉水任三首

其一

兩派江流百折灣，全家攜入畫圖間。桃花夾岸春旗影，直到廬陵不斷山。

其二

牧羊圈豕盡彈冠，一第終輸本分官。不負種花心力在，吉州抹麗贛州蘭。

其三

文江舊是人文藪，歷宋經元迄有明。此段挽回須老手，莫言邑宰事權輕。

次韻答又微姪

平生持論笑孤高，老去羞稱供奉曹。幸有田園收影跡，敢從壇坫薄風騷。披吟滿卷輸君富，置酒當筵看客豪。莫道懸車年未及，吾薪入爨已勞勞。來詩有「未老投閒聲價高」之句，故云。

庭前紅梅花時恰值春寒

側側餘寒薄薄粧，疎花嫩蕊太郎當。能禁臘底三番雪，翻怕春來十日霜。

次韻答東亭弟滇南見懷二首

其　一

自笑原非炙輠髡，一歸聊爾慰慙魂。退飛事異冥鴻弋，俯啄心空澤雉樊。伏臘鄉風隨戚黨，耕桑活計委兒孫。只愁兄弟天南北，却聽清吟似峽猿。

其　二

字如黑蟻筆頭髡，天末書寬久病魂。喜爾力能禁瘴癘，知余情頗戀丘樊。一門最盛推同祖，萬里相望各有孫。若論桑榆收未晚，莫因擇木感騰猿。用《晉書·李充傳》中事。

江行六言雜詩十八首

其　一

魯公傳《乞米帖》，元亮有饑驅詩。不妨舉家食粥，笑問此去何之。

其　二

人家泥浦漁浦，驛路樟亭赤亭。黄犢鳴邊草緑，畫眉啼處峰青。

其　三

船頭載餘杭酒，枕上看《富春圖》。老伴不離鵝鴨，浮踪又落江湖。

其　四

江流東射如箭，帆勢西張若弓。此去特邀天倖，平生逆水逆風。

其　五

一兩竿颺酒旆，四三點散漁燈。朝來露蓑長溼，月下風檣不停。

其　六

水色緑頭雄鴨，舟形縮項鯿魚。千點桃花拍岸，春潮不過桐廬。

其　七

挂劍謝皋羽墓，插竿嚴子陵壇。身後哭餘兩友，此句屬謝〔一〕。生前笑擲一官。此句屬嚴。

〔一〕此句下，《原稿》有「事見《宋史》本傳」六字。

其　八

乍合乍開煙靄，一重一掩霏微。紫鱗出網能躍，翠鳥踏波亂飛。

其九

柳暗春旗古戍，梅殘横笛孤城。留取三分花事，老夫待要山行。

其　十

村鷄唤曙非一，野鶩眠沙必雙。時有飛星過水，忽看苦霧吞江。

其十一

蘭溪九迴腸曲，瀫水一指掌平。鵝卵石多瀨淺，魚鱗雲起天晴。

其十二

三百餘年婺學，建文以後失傳。重過四先生里，白頭撫卷愴然。余近抄宋、元、明初文集，得金華前輩數家。

其十三

門前二月楊柳，屋後千年豫章。村步稀栽杏樹，鄰船時遞蘭香。

其十四

碓牀多沉新漲，牛馬不辨兩涯。遥見一灘白鷺，近前知是浪花。

其十五

春分過後微雪，上巳前頭嫩寒。灘響吾愁減睡，日長兒勸加餐。時稚子隨行。

其十六

太末城南最好，橘林密帶甘林。歲歲經秋充賦，直從《禹貢》到今。

其十七

長亭七十有四，川路縈紆倍艱。安穩煙波六宿，卸帆已到常山。

其十八

一笈曾陪朱老，浙西吟過江西。誰憐磨牛陳跡，自笑飛鴻雪泥〔一〕。

〔一〕「自笑」，《原稿》原作「一一」，又改作「又踏」。又，此句下《原稿》有小注：「戊寅四月，與竹垞老人入閩，不取此路。」

發常山早雨午晴二首

其一

七日江程上水難，肩輿差比布帆安。朝來更覺山行好，小雨纔過路便乾。

其二

麥畦菜壠黄兼緑，李徑桃蹊白間紅。著色春光誰畫得，常山西畔玉山東。

西江櫂歌詞四首

其一

西下鄱陽總順流，波聲汨汨櫓聲柔。玉山城外唱歌去，三十三灘是信州。

其二

千尺長橋亘水隈，商船到此盡眠桅。索錢幸自無關吏，滿載漳煙建紙來。

其三

黄牛引犢眠茅屋，烏鬼隨人上竹牌。共説此鄉魚米賤，就中最賤莫如柴。

其四

兩頭舠子月纖纖，愁雨愁風日日兼。過客飽餐江右飯，居人貴買浙西鹽。江西十三郡，惟廣信食浙鹽。

樟樹鷺巢歌爲施渟如明府作

鉛山縣署南城坳，緑陰冬夏常相交。豫章之材凡五樹，上有鷺鷥來結巢。東風二月高禖祀，燕子來時歲相遇。哺雛引子直經秋，此是風標遺種處。前者代嬗如高曾，後者相繼如雲仍。雪衣飄然閱五世，螽斯蟄蟄還繩繩。我讀東京《循吏傳》，鴞變好音虎革面。雀雛不探童子仁，疇昔傳聞今眼見。施侯到官踰兩年，政成三異羣稱賢。仁民及物物斯樂，飛鳥依人人自憐。此地昨曾經寇賊，安集哀鴻繄誰力。老夫重過十八年，煙火居然萬家邑。佳辰召客開華筵，葉凫緱鶴同翩翾。酒酣爲爾賦長句，侯乎侯乎豈非仙。

渟如招遊蓮華洞四首

其一

夾路泉聲響珮環，去城三里即名山。清遊我正坐無事，難得君侯如我閒。

其二

一綫天光落眼前，洞門深入忽中穿。欲知覺路隨方樂，憑仗西來一指禪。洞壁有石如佛指。

其三

興欲登高力已疲，隨身可少杖扶持。自憐濟勝全無具，蹞步寧忘一蹶時。時余渡澗失足，故云。

其四

兩家弟子生同異，朱陸紛如聚訟來。指點鵝湖榛莽路，講堂片席待重開。鵝湖山在縣北二十里，君方議重修書院，故及之。

雨中度分水關

獨立千年石，回看百丈溪。浮雲自南北，健水各東西。俗吏憎書笈，勞人信杖藜。經過成熟路，不怕鷓鴣啼。

重遊武夷冲佑宫

十八年前夢，披圖勝跡留。萬峰雲忽散，九曲水仍流。物外戀清境，生涯回白頭。短筇何負汝，重作幔亭遊。

陳道士房見甌寧蔡鉉升明府留題作詩寄之

洞天三十六，此洞自秦開。羽士今寥落，琳宫幾劫灰。追游成昨夢，得句憶仙才。百里溪山近，雙鳧早晚來。

建溪櫂歌詞十二章并序

朱子作《武夷九曲櫂歌》，亦偶然寄興云爾。其實九曲水淺，曾不容舟，余廣其意，作《建溪櫂歌詞》，可使艑郎唱艫而行，俚語所不擇也。

其　一

清流船名。尾大腹仍皤，杉板船輕一擲梭。順水無風行更穩，槳聲如雁櫓如鵝。

其　二

石根一道水瀠洄，真有腸如九曲迴。問渡亭前齊閣櫂，竹簰撑入武溪來。

其　三

不團小鳳不團龍，細色如今免上供。見説田家愁水旱，好充茶户莫爲農。

其四

西江估客建陽來，不載蘭花與藥材。點綴溪山真不俗，麻沙村裏販書回。

其五

年年三月杜鵑啼，紅白花開似錦溪。只作漫山桃李看，不知中有海棠梨。

其六

松柏難逃野火灾，忽教山色變成灰。樵人比似猿猴捷，絶壁無梯負擔回。

其七

不争白狗黄牛峽，不數西江廿四灘。天下無如建溪惡，水中刀劍是峰巒。

其八

北客南來飯好加，川程三百少魚蝦。建安腐乳甌寧酒，更有南鄉澤瀉花。

其九

連山苦竹賤如毛，十節量成二丈高。小泊南鴉南口子，船船多换幾張篙。

其　十

青天白日走雷霆，黯澹危灘最有名。掣電光中行十里，船頭一轉即延平。

其十一

自從舟發崇安縣，直到洪塘與海通。若使一灘高一丈，幔亭合在半天中。

其十二

生小離家慣水行，濤波雖惡片篷輕。不須阿囝呼郎罷，但是同舟便有情。

訪同年滿毘山開府於三山官舍撫今懷昔賦贈二章

其　一

宗臣久掌絲綸簿，開府兼優政事科。地是巖疆曾伏莽，公來鯨海不揚波。刑清訟簡神何暇，望重官高氣轉和。坐使八閩風一變，挽回誰識苦心多。

其　二

曾陪京兆鹿鳴筵，共賦《長楊》《羽獵》篇。聯轡三回經出塞，下車一揖重同年。當時霄漢依光近，此日雲泥入望懸。不是先生能念舊，肯扶衰病到堦前？

與劉海觀前輩話舊有感

三館當時數二劉，後來誰不仰風流。芝蘭臭味終相近，縞紵交情幸見收。自别道山虚接武，每從宦海閲沉舟。對君忍話京華事，宿草鴒原痛未休。傷令兄若千先生也。

尋道山亭故址

芒鞋布襪記曾經，誰識蓬池舊謫星。雙眼參差收七塔，百年興廢閲孤亭。雲煙繞閣山形秀，浦漵通潮海氣腥。好在《南豐碑》一統，苔紋因雨洗猶青。

九仙山平遠臺

跨鯉人遥片碣留，居僧指點説丹丘。平生不信神仙術，垂老宜爲寂寞遊。千里帆檣來域外，九霄風雨過城頭。劇憐野色亭西路，好景多歸萬歲樓。

咼山先生邀遊城東湯泉〔一〕

萬壑千峰赴海疆，却從海眼發温湯。名同繡嶺寧愁污，派別曹溪自有香。身外塵埃供洗滌，人間炎熱變清凉。依然沂水風雩意，童冠中間着老狂。時幕友沈、林二生三公子俱在座，兒楨亦侍行。

〔一〕「先生」，《原稿》作「中丞」。

老友林同人贈椶竹杖

海山産異竹，厥萌不常有。移君軒墀前，適用非適口。一年長一寸，寸寸累已久。碧玉内堅剛，椶皮外粗醜。尋丈經百年，居然竹中叟。金鴉劚作杖，鉅細纔可手。下有根生鬚，上有葉垂箒。故人憐我老，分贈意良厚。衰遲形影孤，配爾如得偶。嘉惠胡敢忘，命之曰執友。

留別前輩鄭老先生

此遊真到鄭公鄉，許我重登佚老堂。南極一星留碩果，兩朝羣望屬靈光。登山不用頻攜杖，好客猶能遠置莊。小吏相輕君勿怪，浮雲閲盡是炎凉。先生時爲邑令所窘，故云。

留别林同人

結交逢老輩，再見倍相親。開口問前事，聞聲知故人。林年將八十，目已喪明。衣冠非宿昔，眠食尚精神。洪浦通潮海，毋辭惠訊頻。《唐書·地理志》：「侯官西南有洪塘浦，自石岊江東經甓瀆至柳橋，以通舟楫。」即今之洪山橋也。

住福州半月不及噉荔支而歸聞西禪寺老僧癡賣尚無恙臨行口占寄之

果熟西禪寺，朱竹垞。吴青壇。記竝嘗〔一〕。分甘紅計顆，漬蜜白盈筐。一飽事難料，獨遊神易傷。居僧應笑我，空到荔支鄉。

〔一〕「朱吴記竝」，《原稿》作「曾同朱老」。

建寧遇同年張蒿陸張由詞館改知松溪縣今將移疾乞休詩以慰之

出宰松溪縣，行踰報政期。神清知善病，藥賤苦無醫。難得音書便，翻成邂逅奇。引年猶未及，莫負聖明時。

武夷精舍

早時蒙養地，晚節宦游途。風雨一精舍，溪山雙畫圖。居常鄰道院，交不廢緇徒。識者觀其達，何曾累大儒。

武夷采茶詞四首

其　一

荔支花落別南鄉，龍眼花開過建陽。行近瀾滄東渡口，滿山晴日焙茶香。

其　二

時節初過穀雨天，家家小竈起新煙。山中一月閒人少，不種沙田種石田。

其　三

絶品從來不在多，陰崖畢竟勝陽陂。黄冠問我重來意，拄杖尋僧到竹窠。山茶，産竹窠者爲上，僧家所製，遠勝道家。

其　四

手摘都籃漫自誇，曾蒙八餅賜天家。酒狂去後詩名在，用許峼題詩岩事。留與山人唱采茶。

崇安梅容山明府貽武夷山志

芒鞋三度入名山，衰白重遊分已慳。今日圖經落吾手，巾箱攜得武夷還。

朝發小漿村暮抵紫溪途中口號四首

其　一

引得層層樹杪泉，高田瀉水及低田。占城旱稻移秧蚤，四月村翁掠社錢。

其　二

籃輿承蓋午風涼，戲折山花插兩旁。行處兒童齊拍手，白頭老子擁紅粧。

其　三

丹崖碧樹迴干霄，行盡巖關百里遥。日暮紫溪橋畔望，鷺鷥如雪點青苗。

其四

編茅樊竹作村莊，樟樹花傳處處香。漫説兩邦封壤接，狹鄉終不及寬鄉。寬鄉、狹鄉，出《唐書·食貨志》。

鉛山道中

龜趺埋没泥沙底，翁仲欹斜草棘間。漸覺先朝餘澤遠，耕牛犂到費家山。

重至南昌感舊

官步門前柳拂頭，早年曾作豫章遊。兩朝文物多經眼，千里江山復入舟。宿草淚深懸榻地，孤蹤分絶寄書郵。篋中一卷《西征集》，更與何人共唱酬。

登滕王閣

高凌碧落俯層瀾，老眼重開一大觀。笑閲星霜如隔世，癸亥、甲子間，曾遊此閣，今三十餘年矣。閒思今古幾憑欄。帆移雲影千山動，湖納江流萬頃寬。時江水暴漲丈餘，沙洲皆没。校是詩翁無筆力，不留名姓避王韓。

飲胡都閫德菴署中荷亭上二首

其一

三十餘年話舊遊，也曾投筆覓封侯。邯鄲枕上夢初覺，一笑看成兩白頭。庚申、辛酉，余客黔陽幕府，胡時以武科從軍。

其二

柳外風來灑面凉，雨餘三畝好池光。借君酒盞勸君醉，莫負滿亭荷葉香。主人善飲，故戲云。

端陽前二日遊北蘭寺四首時李暘谷挈榼小飲列岫亭葉素我尊聞姪楨兒俱在座

其一

北蘭寺在沙城北，旁置孤亭縹緲間。碧樹陰交三面暗，獨留一面對西山。

其　二

彩旗畫鼓沸中流，想像蛟龍晝出遊。今日無人觀競渡，去年此地有沉舟。時當事嚴禁競渡。

其　三

若將世法苦相繩，何地能容世外僧。來往風流今已矣，居人猶説宋中丞。傷老僧淡雪也。

其　四

元氣茫茫散不收，尊前聊記五人遊。衰年未必能重到，更爲斜陽作少留。

李塤暘谷追送於滕王閣下臨發歸舟二章留別

其　一

去便經年隔，來爲半月留。那無兒女戀，偏動別離愁。落日當高閣，清江帶小舟。臨行一杯酒，衰暮重回頭。

其　二

清德尚書後，尤宜愛此身。一村無兩姓，宗伯公世居吉水之谷村，聚族至二千人。八座有重親。塤雙親俱早世，而祖母劉太夫人尚在養。子出須斟酌，吾歸合隱淪。相思還命駕，後會豈無因。

晚渡鄱陽湖夜泊瑞洪

黄梅連日雨，濁浪入湖平。沙柳罾邊没，霞天鳥外晴。岸容移晚景，風色緊歸程。忽報帆飛渡，前村戍火明。

行經貴溪縣赴同年王辰幟之招即席分韻

花草瓊林語，於今十二年。君方行綰綬，我已賦歸田。邑有延賓館，門停載酒船。慙非徐孺子，此榻爲誰懸？

廣信舟中望靈山

頑石四百里，自安仁至鉛山，河口臨江，石山狀如覆盎，草木不生。兹焉秀獨鍾。翠屏三十六，不數九芙蓉。

五月二十六日到家驚聞兒建京師訃信傷慘而作七首

其　一

去歲夏四月，兒來告行期。我時卧在床，汝去故遲遲。我欲速汝出，慰汝以好辭。爲言吾雖衰，歲月尚可支。銓除汝已及，行且把一麾。勿論地遠近，三年望旋歸。詎料凶問來，哀哉甫及朞。兒亡於四月九日。此語恍如昨，此情痛難追。

其　二

一家仕同朝，出處分相謀。父既罷官去，子當偕歸休。奈何復遣行，夙疾況未瘳。致汝道路死，非汝命不猶。爲父實不仁，自傷還自尤。嗟嗟悔已晚，餘憾徹九幽。

其　三

延陵喪長子，其殮服以時。反服有苴麻，童僕或未知。倚賴者季父，視汝猶視兒。稍用慰老懷，附身審所宜。一棺隔江河，魂氣無不之。庶幾先入夢，報我歸來期。

其　四

祖宗二百年，庭誥閑有家。自汝爲吾子，勞少愛頗多。粹質本性生，不煩追琢加。豈惟弛扑教，抑且忘叱呵。自從處庭幃，迨試政事科。所至靡失德，後生可觀摩。天若假以年，成就當如何。嗚呼今已矣，家運薄則那。

其　五

兒初宰束鹿，律己慎以清。天子實嘉乃，綸褒爲我榮。癸未七月，余隨駕避暑口外，一日上遣内侍，傳諭云：「汝兒子在束鹿，居官清慎。朕已知道。」時同直諸君，皆爲余稱慶。安溪賢相公，謂汝性朴誠。不讓古循吏，行當大家聲。今相國安溪李公時巡撫北直，兒備員屬下，極荷知愛，嘗入南書房，語余云：「郎君天性朴誠，居官廉潔，大有循吏之風，所到未可量也。」生邀君相知，既没保令名。恩深一未報，改秩俄殞生。兒由刑曹郎陞授鳳翔知府，命下一月而没。頭銜亦何用，聊可書銘旌。

其　六

兒生乃冢孫，及見祖考妣。祖没五十三，兒齒十一矣。兒亡四十八，少祖五年耳。家世孰高年，吾今踰六紀。人間愧爲父，地下愧爲子。孰與遊九京，頽齡諒無幾。

其　七

向涉釋氏書，死生委達觀。乃復爲兒輩，白頭作悲酸。有情則有生，生理斷故難。親知苦相勸，至痛非旁寬。有時强自排，觸緒仍萬端。神傷不在外，老泪無多彈。

敬業堂詩集卷四十五

吾過集起乙未八月，盡丙申四月。

自聞建兒之訃，三月無詩。中秋後三日，楊致軒太守偕令叔東崖、施子自勗過慰，流連信宿，聊資觴咏，排遣哀情。夫喪明之戚，賢者以爲規，吾何人斯，敢不知過乎！

楊致軒偕諸子枉過敝廬

老抱延陵痛，經秋只自悲。感君攜伴至，慰我斂眉時。久別可無酒，有情聊賦詩。勿嫌芳草月，今夜過牆遲。

蠣奴歌并序

海中有小蟹〔一〕，寄居螺殼中，兩螯四跪，外向能行。按，《本草》：「蟹大如錢，居蚌腹者，蠣奴也。」昌黎云：「入者主之，出者奴之。」今乃以入者爲奴耶？戲作歌索諸子和。

介蟲三百有六十，蟹族爬沙乃其一。旁加八跪撐雙螯，帶甲横行風雨疾。無端幻作腹居蟲，竊食蠣肉專其宫。吾聞出者爲奴入者主，主今安在奴稱雄。吁嗟乎！大魚噉多鰕鉏泣，觸蠻蝸角争方急。鵲巢古亦有鳩居，燕室終須防雀入。

〔一〕「中」，《原稿》作「濱」。

答施自勗

才子生同邑，陳人喜得朋。每蒙詩見及，秪覺愧難勝。薄俗餘孤賞，虚懷去一矜。好傳《横浦集》，彦質有雲仍。宋施德操，字彦執，吾邑人也。與張子韶友善，《横浦集》中，與彦執尺牘及唱酬詩甚多，自勗豈其苗裔乎？

八月晦日榆村季方曾三芝田諸兄弟偕過桂堂小飲次芝田韻

夢裏悲歡覺者誰，流光去我杳難追。重尋老圃看花約，已失中秋坐月期。委蜕子孫聊自解，時榆村兄有殤孫之戚。在原兄弟詎勝思。余時適聞德尹病風辭免之信。達觀至竟談何易，除却銜杯百不宜。

第六孫生

東吴方喪子，次息又添孫。歌哭於斯室，興衰視此門。家貧寧計口，客至且浮尊。敢料成童日，吾猶月告存。

聞德尹患風疾將上章乞休寄懷二首

其一

道遠傳書少，年侵感事多。忽聞君末疾，轉益我沉疴。家運衰如此，朝恩重若何？勿將身試藥，時世少醫和。

其二

食新吾自幸，屈指又三年。偕隱原初約，當歸那問天。婢牽蘿補屋，奴縛草爲船。慙愧分甘意，寬心及目前。大兒身後多官逋，弟許分結茅之資，以慰余懷。

重陽後一日季方兄招同諸兄弟龍尾登高

罛船昨夢隔漁洋，棁杖相攜又故鄉。海蜃浮空呈寶刹，石龍渡水得殘岡。嘉禾野潤初收雨，綠樹村濃未剪霜。愛惜眼光留足力，年年來此作重陽。

題龍尾山僧舍

龍形蜿蜒三四里，起伏脽尻露顛趾。秦鞭怒爾屹不移，鑿斷其腰曳其尾。龍腰，俗傳秦始皇所鑿。何年一掉鱗甲摧，蜕骨化石凝堅肧。山僧負土補石縫，長養松竹從嬰孩。駢青聳翠皈佛力，鎮以精藍高岌岌。鼉鳴鯨吼海外聞，樵唱漁謳月中入。回首茫茫禹九州，茲山奚啻一浮漚〔一〕。蘭單合是疲牛路，老矣猶能賦《近遊》。束廣微《近遊賦》：「駕蘭單之疲牛。」

〔一〕「啻」，《原稿》作「翅」。

朱乾若輓詩二章

其　一

名高無顯晦，業富有淵源。家自傳閩學，身嘗到孔門。兄系出紫陽，曾設教於衍聖公家。荒榛誰與闢，碩果幸猶存。豈意龍蛇厄，頻傷好弟昆。與三子懷兩兄十年來，先後俱下世，故云。

其　二

白頭歸已晚，索莫感離羣。昨歲猶過我，今朝又哭君。恍疑神理接，不謂死生分。孰是辭無愧，來題有道墳。

衎齋惠香櫞戲答二絶句

其　一

磊落筠籠五十枚，清香分供佛前來。敢同賣菜還求益，待覓根株自接栽。

其　二

也擬堦前種一枝，老人作計太迂遲。心知證果非難事，眼見開花是幾時。

偶過雨梧齋看菊别後得二十韻寄主人楊致軒

貧家無菊看，一棹訪城隈。且喜經霜在，非關冒雨來。秋光如我待，病眼爲渠開。百本紛成列，千頭叠作堆。枝枝疑竝蔕，朵朵儼重臺。倚賴扶身竹，因依帶土苔。淺深微别色，高下悉呈材。凉蝶窺簾度，慵蜂拂檻回。差堪登瓦缶，直可勸金罍。花及兼旬賞，根須隔歲培。相逢雖解后，臨别尚徘徊。預作東籬計，分苗手自栽。

訪陳侍御梅溪郊外新居二首

其　一

見説新居好，幽尋不待招。年豐禾被坂，潦退水平橋。改路侵桑柘，爲鄰傍緯蕭。凉風吹白帢，來問郭西樵。

其　二

海氣孤村外，秋聲萬木間。名方高洛社，夢不點朝班。閲世隨流水，安身比太山。傲他軒冕貴，投老遂長閒。

座主宗伯許公再邀楊晚研陳宋齋梅溪及余爲五老之會席上分賦二章時立冬後四日

其一

又作名園三日留，款門人各有扁舟。宵能縱酒晨還醉，晴便登山雨即休。且喜大家添一歲，未應高興減前遊。黄花已老丹楓嫩，斟酌初冬勝晚秋。

其二

勿論雪北與香南，谷水東西亦有庵。行處人言星聚五，序來吾忝齒居三。緇黄世外關存没，是遠上人仍入坐，南山張道士已下世。風月尊前助笑談。錯料詩成如噉蔗，後來居上得無慙。晚研、梅溪兩家令子俱從遊，詩又先成，故戲云。

牆根冬菊

直自陳荄發，何煩客土移。近根除蝨葉，薅草出卑枝。點綴荒蕪徑，支撑缺壞籬。栽培初少力，敢怨作花遲。

禾稼初收野眺作

窮鄉十年九旱潦，嘉種歉歉蕃庶草。秋來雨幸不成災，安慰人情眼前好。溪南秠稏百頃田，縱横蚱蜢飛連天。黄雲捲盡霜野闊，放眼直到南山邊。新春家家催相杵，倚杖閒聽鄰叟語。偶然村社飽鷄豚，久矣官倉肥雀鼠。

題杜集後二首

其一

此老原非諫争姿，許身稷契復奚疑。可憐官馬還官後，徒步歸猶號拾遺。

其二

漂泊西南且未還，幾曾蒿目委時艱。三重茅底牀牀漏，突兀胸中屋萬間。

讀莊子内篇八首

其一

世人耳目隘，直與蜩鳩鄰。焉知天地間，乃有鵬與鯤。小窺大不盡，大視小不倫。吾遊非彼適，彼笑非吾聞。

其　二

彼此一是非，有一斯有萬。於中强分别，間不能以寸。齊之以不齊，兩俱置勿問。方將與物化，何有乎物論。

其　三

其意在詆儒，其説乃近仙。其源發乎老，其漸流爲禪。養生徒養形，木寇膏自煎。是形無不盡，薪盡而火傳。

其　四

死生非二理，出入同一機。人皆有故鄉，弱喪昏不知。千載旦暮遇，淵明悟其微。南山舊宅在，逆旅終當歸。

其　五

生本玩世人，初未忘用世。觀其審出處，亦重君臣義。用世必以言，忠言或取戾。所以遁天刑，寧甘爲世棄。

其　六

人人兩其足，恥與兀者徒。向非德内充，有足不啻無。外形而形全，内神而神腴。形神兩皆寓，是謂内外符。

其　七

讀書自得師，深淺隨所到。當其快領會，何異朝聞道。勞生佚以老，反覆覺語妙。妙處老方知，毋輕示年少。

其　八

耆欲必有開，聰明出乎鑿。自從渾沌死，天下無純樸。帝王遞相嬗，泰氏不可作。世運日趨澆，滔滔繄誰覺。

十一月初七夜紀事

未年建子月，村舍宵喧豗。老夫衣服冠，起坐中心摧。女媧石破碎，猛雨噴空來。風勢助硯硯，電光走焞焞。孤陽五陰下，匕鬯吁可哀。復其見天心，奮地乃出雷。我欲祝雷公，馳聲徧九垓。毋徒震百里，虩虩驚童孩。又欲禱風伯，非時掃氛霾。明兩日重光，天門訣蕩開。五行有常變，數以反覆推。孰者主張是，瑞或生於灾。世運視斡旋，人情仰昭回。

露生亦何事，蟄户行復培〔一〕。

〔一〕「培」，《原稿》作「坏」。

庭卉具萎手除枯莖

條蔓天生弱，况兼冰霰加。過時多悴物〔一〕，經眼即空華。芒刺除三逕，蒸薪共一車。但看枯穢盡，何種不萌芽。

〔一〕「悴」，《原稿》作「棄」。

兒建歸櫬權厝西阡

自得淮南信，輀歸報有期。遠慙嬴博葬，近慰首丘思。魂魄孫隨祖，冰霜父哭兒。一號皋某復，望絕倚門時。

閲邸報北直學使交替有人知德尹歸期不遠矣作詩志喜四首

其一

冬來日日望迴輪，邸報遥傳信漸真。客病也應資藥餌，長途未可恃精神。官隨年限纔經臘，弟於去冬赴任，及是僅滿一年。農告歸期正及春。勞動里中羊酒賀，一家遂有兩閒人。王介甫詩有「豈容家有兩閒人」之句，故云。

其　二

舊莊喬木蔭茅茨，六十餘年黍一炊。丱角光陰雙鬢改，釣遊蹤跡兩心知。交頭對倚花前杖，斂手閒看劫外棋。見説漢廷偏愛老，申公免病故遲遲。

其　三

盛事依稀記玉堂，後先出入總恩光。魚潛樂莫如同隊，雁序歸仍不亂行。忍便析居違丙舍，尚煩刻碣表瀧岡。經耡績火原家法，相戒兒孫勿去鄉。

其　四

長虞晚節相從少，豈料歸期不約同。弟今年六十四，與余引疾之歲恰同。架有圖書延客座，堂無絲竹變鄉風。桑榆贍飽溫噉味，梨棗粗收長養功。校勝蘇家好兄弟，對牀來作白頭翁。

蠟梅宋以前未有賦者東坡山谷后山少游始見於吟詠率皆古體而不入律王平甫陸務觀尤延之楊誠齋各有五七言律詩方虚谷瀛奎律髓選附梅花類中雪窗披覽頗不愜意適友人折贈此花信手拈筆非敢與前賢較工拙也〔一〕

閲盡嘉平臘，來爲最晚芳。冰心含淺紫，雪瓣吐嬌黄。後菊偏同色，先梅别有香。百花多釀蜜，容爾占蜂房。

〔一〕按，「少游」後《原稿》有「諸公」二字。

過德尹城中新居十二韻

再得歸田一紙書，喜於身自挂冠初。城隅别僦三間屋，户外高懸四望車。飽閲官情知進退，好還天道任盈虚。豈惟太息傳供帳，頗覺讙聲動里閭。應接稍防生客擾，往來寧慮舊交疎。囊衣事偶同王吉，襆被人應諒魏舒。世上名皆身以外，曆頭冬是歲之餘。巢成古樹寒依鵲，檻俯清池夕數魚。膝下諸雛看漸長，燈前二老笑相於。小時至性君猶在，病起精神我不如。良夜且爲無事飲，明年仍擬故林居。園廬早晚梅花發，已遣家童預掃除。

雪後次東坡韻二首〔一〕

〔一〕按，「二首」後《原稿》有「同吴起君作」五字。

其一

繞屋聞聲已散鴉，到門無逕可停車。雲端海日峰峰玉，畫裏山村樹樹花。酒上衰顔聊遣興，詩經白戰自成家。梁園賦客争工拙，未抵先生手一叉。

其二

亦知天色朝來好，不奈風威分外嚴。笑指庋庮供爨蠟，戲摶師虎作形鹽。晴綿未拆猶鋪逕，冰筍俄長欲墮檐。最是瓷盆先得氣，蘭芽已放兩三尖。

丙申二月雨雪連緜援筆排悶

巡檐倚杖步蹣跚，村巷泥深欲出難。二月風光三日雪，閏年天氣半春寒。蟻浮竹葉杯常凍，雀啅苔枝蕊未殘。好笑纖兒羣擲瓦，不聞古井復生瀾。

積翠樓古柏恭次座主宗伯公原韻二章

其一

不知移植是何峰，拔地今成夭矯龍。左紐紋應儕老檜，後凋名許配高松。霜柯蔭合烏呈瑞，長公立岩，時官侍御。香葉年深鹿絶蹤。獨貫四時無改易，自天雨露正濃濃。

其二

蒼髯翠甲映于思，不染人間半點埃。自倚孤根堅鐵石，對抽雙幹出樓臺。陶家門外新栽柳，王氏庭前手植槐。何似先生扶正直，少陵《古柏行》：「扶持自是神明力，正直原因造化功。」階庭成就柏梁材。

盆中鴛鴦梅戲次許東垞韻

兩般顔色接栽餘，香山詩：「樹接兩般花。」磁斗交花密復疎。秦虢一門承寵日，尹邢雙美入宫初。淡粧濃抹休相妬，傅粉施丹恐不如。未免孤山高士笑，笑他倚市又充廬。

蚍蜉

大盗盗魯藏，小盗盗墓木。蚍蜉肯自量，蜂蠆反余毒。本根葛藟庇，保己分良足。此外何不容，坦而示之腹。

二月杪偕諸兄弟西阡看梅集句

安得健步移遠梅，健如黄犢走復來。春花不愁不爛熳，只恐花盡老相催。集杜。

又一首

兩岸山花似雪開，劉夢得。一杯一杯復一杯。李太白。勸君更盡一杯酒，王摩詰。二月已破三月來。杜子美。

三月三日塘西卓氏園看梅

兩月春苦寒，閉門雨雪中。名園一昔到，天氣初和融。徐步盡深榛，窅然苔逕通。中有古梅樹，閲人自兒童。余年十三四時，讀書西水，曾遊此園，今五十餘年矣。花開子孫枝，樹亦成老翁。不知幾易主，孤幹如焦銅。良辰與我期，噴雪當晴空。清香襲襟袂，澹若松下風。夕陽墮林西，纖月張虛弓。慙將塵土足，移入笙歌叢。是夕，沈氏叔姪置酒演劇，故云。

雨後玉蘭未殘適德尹自武原歸再飲其下此樹弟手植者

不負春來約，新晴果到家。手栽當檻樹，眼見出牆花。比雪偏能艷，韋蘇州詩：「清詩舞艷雪。」如瑜不掩瑕。兩翁心竊喜，何啻茁蘭芽。雨點着花瓣，俱成黑斑，故有第六句。

馬衎齋筮易得漸二爻既以名其居復繪小影坐磐石旁竹垞老人舊書于磐二字今以圖來索題附綴數語義盡於卦無取旁求也

離于干，即于磐。起居無時，惟石之安。止以爲巽兮，木因乎山。于陵于陸兮，抑豈鴻之所難。

三年前手植牡丹閏月始花吟成八韻

爛熳三年約，參差五尺叢。稍遲因閏月，最後領春工。密葉深流翠，狂苞怒發紅。扶頭香與力，登頻酒無功。日出光相射，煙含態轉融。憐渠風雨後，慰我寂寥中。臺榭移難定，笙歌賞易終。不如離色界，長伴白頭翁。

大雨枕上作

雷雨軒窗動，孤燈耿夜深。老人渾不寐，大有惜花心。

閏三月十一日拙宜園牡丹之期時晚研將赴密雲城工兼以送别四首

其　一

臨事從容意，於君見一斑。開園仍郭内，置酒且花間。世已難希古，天應未許閒。寧聞白賓客，垂老出香山。

其　二

不道桑麻社，中間有路岐。幾時重會合，此别各衰遲。官罷貧誰諒，身存病敢辭。隨翁心似鐵，難得好男兒。東坡《送子由北使》詩「隨翁萬里心如鐵」自注：「猶子遲也。」今令子次也侍行，故及之。

其　三

草野聞朝議，籌邊事不同。鑿山甌脱外，設險塞垣中。路指屯雲戍，城連避暑宫。河湟方用武，勝策轉漕功。

其　四

林下抛雙屐，風前换短衣。重爲遠行役，只望蚤旋歸。王事程期迫，京華故舊稀。莫令招隱地，歲晚寸心違。

腰痛自嘲

平生恥折腰，殭直詭自訟。謂從解組後，帶眼稍寬縱。寧知患苦纏，百衲鬬一縫。向來所受病，及是方覺痛。《養生論》以覺痛之日爲受病之始也。欠伸兩不遂，轉側需僕從。抓搔性復慵，摩拊亦安用。可憐血肉軀，猥與蟣蝨共。人間十萬貫，騎鶴嫌腰重。痛定吾有時，身輕行試鳳。東坡詩：「身輕可試雲間鳳。」

苦雨歎

十日五日雨脚稠，皇天害物肯待秋。《左傳》：「秋無苦雨。」服虔注云：「害物之雨，民所苦。」野花委地不如草，林鵲置巢全爲鳩。雌蛺蝶飛何處去，官蝦蟆叫無時休。南山朝隮東海溢，一老書空方坐愁。

海塘歎

沙崩岸塌風駕潮，潮頭勢與城争高。愚公移山或可障，精衛填石誠徒勞。海若東來神鬼泣，尾閭南泄魚龍逃。邑興大役官乏費，行矣板築須時操。力役之征，紳士無得免者。少陵云：「板築不時操。」今日之謂歟！

蠶麥歎

舄鹵之地成梢溝，水漱囓者爲梢溝，出《周禮》注。傾都委貨爛不收。村姑尚以蠶命月，野老曾於麥望秋。恤緯孰是織室者，雜耕吾亦農家流。縣符蚤晚急夏税，何暇更爲百草憂。黄涪翁云：「男女墮地，衣食各有分齊，安能蹙額爲百草憂春雨耶？」

復愁四章

其一

今年陰太盛，四月雨尤狂。渡口浮橋斷，門前暴漲黄。坐看千頃没，立致一村荒。歎息昂頭麥〔一〕，抽芽比穗長。二麥垂熟而未登，芒穗中發芽，長寸許，目所未睹也。

〔一〕「昂頭」，《原稿》作「新黃」。

其　二

頓遣蒸薪貴，難教米價低。溼炊煙冒瓦，罷汲井封泥。俗累生誰免，身謀老自迷。藜床經月卧，拄杖不輕攜。

其　三

古井長防塌，先廬且幸存。沉沉移白日，耿耿向黄昏。螘穴乘甎縫，蝸涎上漏痕。此中無客到，何用掩蓬門。

其　四

箕畢占頻驗，庚壬候總非。鄰鷄鳴不已，梁燕乳相依。賦肯憐蛙瘦，人方羨鼠肥。樂郊何處所，舍此我安歸？

敬業堂詩集卷四十六

夏課集起丙申五月，盡十二月。

長夏家居，與德尹約爲書課，弟方纂輯《北史》，余點勘《毛詩注疏》。中有疑義，互相剖析，此情不異曩時，所增者白髮耳。

喜東亭弟湞歸見過時德尹亦歸故居。

艱辛憐遠別，歡喜報初歸。萬事付彈指，一門多拂衣。侵晨移爾艇，觸熱扣吾扉。相對成三老，人間此會稀。

自五月不雨至於六月二首

其　一

一月愁霖歎，三旬亢旱憂。雲從火山出，溪挾沸湯流。魚鼈潛無所，蜩螗聒不休。氣衰尤怕熱，計日望新秋。

其　二

有客京華至，爲言赤地同。不成驅鬼魃，兼恐致蝻螽。奠瘞神何定，精誠感或通。仍聞漢廷議，策免到三公。

得　雨

海色昏昏合，雷聲隱隱龕。羣情希氾濩，天意卹焦枯。一溉功雖細，千林氣稍蘇。篝車吾且祝，不敢笑田夫。

橘蠹化蜨

馬縞《中華古今注》謂：「蛱蜨，一名野蛾，生江南甘橘園中。」不知乃橘蠹所化也。

橘蝨凡兩種，食心與食葉。食葉者速化，勢如靈鬼攝。語出《關尹子》。朝爲蠕蠕蟲，暮作栩栩蝶。公然委其蛻，雙翅巧開合。却向故枝頭，飛飛繞三匝。漆園方大夢，與汝形相接。試問前後身，依稀在目睫。

立秋夜雨晨起納凉

飛雨灑然過，小窗殘月明。微風動秋意，草木爲先聲。故人何方來，樊川詩：「清風來故人。」一笑披衣迎。端能起我懶，天地非無情。取用及須臾，寸懷良已盈。兹晨不兩旦，莫負鷄三鳴。

秋暑三絶句

其一

秋暑不减三伏天，杖藜隨我來谿邊。跳蛙自得坎井樂，上有夕陽高柳蟬。

其二

學書遠遜王右軍，學弈無過王積薪。日長如年大好睡，小技何足勞吾神。

其　三

布幔十幅當檐牙，東南好風渾被遮。床頭非無蚊遶鬢，案上幸少蠅集瓜。

題毘陵徐思肖詩卷後四首

其　一

郵筒寄我一編詩，天然神骨清而奇。騷壇家將生有種，看取陣前姑蔑旗。

其　二

宮體徐摛一變新，傳家又得石麒麟。年來咄咄欲跨竈，莫怪阿翁誇向人。戲用《東坡尺牘》中語。

其　三

錢四才華世所稱，乃郎筆力亦騫騰。謂同年錢絅庵父子。同鄉遂有兩勁敵，詩派今屬南蘭陵。

其　四

狎主齊盟事不難，竝驅應許八蹄攢。老夫合退三舍避，憑軾試從壁上觀。

七夕前二日同德尹濬安飲東亭齋二首

其一

水淺菖蒲港，船通皂莢橋。爲歡須永日，相過復今朝。草徑荒初闢，桐陰薄漸凋。歸休真上策，何待蚤招要。

其二

同祖如同父，爲兄忝伯兄。家貧餘世業，官滿得鄉評。甕醬調藜糝，厨薑芼鼈羹。向來疏酒盞，一飽累經營。

秋庭

秋來無一事，物態頗相撩〔一〕。是葉須防蝕，無根不耐澆。欹花危露蔕，修蔓妥風條。滿目皆生意，吾庭未寂寥。

〔一〕按，《原稿》作「秋來常早起，幽事頗相撩」。

賦得雨中荷葉終不溼六韻

爾本池中物，翻從溼得乾。出泥莖濯濯，帶雨葉團團。散作千聲去，欹留一滴難。高低承翠蓋，大小走珠槃。灑脱渾無跡，陰晴詎改觀。肯同凡草木，漏澤妄思干。

雨後行田

水氣一村蛙，晨光幾點鴉。畦風凉病骨，衣露涉秋花。正爾關農事，兼之遠俗譁。桔槔閒挂壁，勞苦及東家。

寄吴少融二十六韻時吴宰壽光。

忽忽三年别，遥遥異地情。索居雖潦倒，結念每迴縈。憶昨同晨夕，惟君獨老成。吉人辭樸訥，端士意肫誠。蹞步寧愁失，冲懷敢自盈。授經依北郭，請業到西清。榻愧陳蕃設，詩容顧况評。出攜青鏤管，歸傍短燈檠。績學承名父，高才敵令兄。少融爲梅村先生幼子，西齋給諫愛弟。向來留著作，兩度費咨呈。自我辭書局，憑誰問客旌。九衢千轍軌，萬事一棊枰。他日乘軒鶴，當時出谷鶯。先鞭輸祖逖，上第失楊英。夜雨新豐市，秋風古灌城。得官隨本分，爲政且神明。側聽衣冠誦，如傳襦袴聲。科條煩是累，民社寄非輕。示俗因奢儉，調絃戒改更。免教同列忌，休矯一時名。此外佳眠食，其他簡送迎。陳編閒肯廢，古道力能撑。便欲觀風去，殊難抱病行。撫躬憂浩蕩，回首歲峥嶸。爲報鳴琴宰，應憐撤瑟生。西河餘痛在，雙眼不曾盲。

八月初四日放舟至硤石

習嬾常支户，乘凉偶放船。渠清瓜蔓水，露白稻花天。夜氣鳴鷄後，晴光蕩槳前。地平先見塔，高出萬家煙。

西阡桂六韻

手種西阡桂，三年漸看長。玉蘭輸舊翠，金粟試新黄。露重朝流潤，牆低遠遞香。婆娑佳月色，報答好秋光。敢擬栽爲柱，差堪署作堂。丁寧松檜伴，稍待共成行。

南堂桂八韻

五桂階庭樹，迎秋候蚤催。著花多四出，得氣必齊開。自我先人植，仍資造化培。好風香世界，涼影月樓臺。天上逃斤斧，山中混草萊。在家僧偶聚，不速客頻來。時衎齋、東亭不期而會。豆莢瓜瓤味，兄酬弟勸盃。最宜星露下，永夕與徘徊。

偕季方東亭德尹曾三諸兄弟過東林庵

北郭吟笻罷，東林講席收。憶四十年前陪范文白先生來遊事。能無三宿戀，復作五人遊。攢掃庭常潔，牋題壁尚留。影前香一瓣，來往記風流。時坐旋法師影堂。

題周少谷杏林雙鹿圖爲老友徐韓奕壽

杏爲仙人林，鹿是仙人友。少谷寫此圖，卷舒落吾手。愛其粉墨久若新，畫叉挂壁濃香熏。朝來詩成畫亦往，持以贈君兼壽君。與君論交從壯盛，通介看成徐邈聖。我如麋鹿爾爲羣，豐草長林同此性。

臨平舟中

作雙白鷺起前汀，西望山光的的青。暗數永和隄畔路，宋趙諠父《過臨平》詩：「居人猶號永和隄。」一橋十里似長亭。

虎林與同年許莘埜話舊時初自蜀歸四首

其 一

烹鮮滋味定何如〔一〕，叱馭行經萬里餘。今日秋風吹櫂轉，江鄉原不少鱸魚。

〔一〕「何如」，原作「如何」，據《原稿》改。

其 二

泠曹需次問何司，剩許閒編僰道詩。五角六張成底事，人間吉日是歸期。

其 三

旗鼓相當膽氣麤，生平事事不曾輸。輸他對我誇年少，漆點烏絲一尺須。

其 四

同年難得況同鄉，久別重逢感歎長。百五十人餘幾在，勸君狂得且須狂。時連聞劉大山、陳巨高、李時夏三同年凶問。「狂得且須狂」，借用香山成句。

題安平泉上二首

其　一

自從兩乳垂天目，中有神龍不測淵。直到臨平山脉斷，尚渟一眼在山泉。

其　二

我讀咸淳潛守《志》，曾收元祐罪人詩。摩挲一片竹間石，好事僧稀問向誰？南宋潛説友《咸淳臨安志》云：「仁和縣安隱院地産曲竹，竹間有池，名安平泉，東坡題詩云云。」按東坡題《安平泉》七律一首，集中失載，余曾采入《補遺》卷中。今至泉旁，尋碑碣不得，故云。

曾濟蒼遠致秋蘭一本重陽前試花寄詩報之

廣文能好事，貽我婺州蘭。不共三春賞，翻從九日看。同心如爾少，獨立後時難。待作幽人佩，清香可耐寒。

世　棄

世棄身何與，身閒分已過。讀書新得少，見夢故人多。黍熟來初釀，池荒足敗荷。東籬佳節近，不醉擬如何。

吴起君重陽送菊至

今歲寒氣蚤，應節微有霜。是日霜降節。開門得君書，遠致籬下黄。瓦盆三十本，羅列成重行。端如衆君子，正色登我堂。吾衰萬事慵，酌酒不盡觴。何以答佳貺，託詩紀重陽。

後三日邀諸兄弟賞菊席上放歌

吾鄙吴生字起君，知余雅好忘余貧。扁舟送菊乃無酒，正及九九清霜辰。招呼近從南北巷，假借半出東西鄰。後庚三日稍稍集，義取兄弟不及賓。有如田家大作社，杖白頭者凡七人。合年四百七十二，雁雁排翅魚排鱗。天公貺我美風日，歲云莫矣行食新。海蝦挾須白出縮，椵蟹負殼紅輪囷〔一〕。木瓢木杓傳父祖，中貯兼味清而醇。興來大壯客顏色，詩好全得花精神。人間所歷皆夢境，至樂孰與田園真。勿辭醉插滿頭去，一笑正落陶家巾。

〔一〕「椵」，《原稿》作「鰕」。

少睡

秋去寒猶薄，冬來夜總長。堦前黄葉滿，門外朔風狂。舊得休心法，新傳養目方。癡兒憐少睡，檢曆勸移床。

秃筆吟二首

其一

久被宣城束縛加，鐵梳膠綴老年華。耗磨毛遂囊中穎，零落江淹夢裏花。縱不封侯追定遠，誰能銘冢向長沙。晝工掃壁休嫌秃，會見騏驎出咄嗟。

其二

書不中書觚不觚，也曾東抹與西塗。姜牙斂手輸鷄距，虎僕藏鋒讓鼠須。墨沼涸逃蓬館債，硯田荒貸管城租。免冠一博秦皇笑，差勝中山穴處徒。

問東亭病

天末清貧吏，身還病亦隨。用巫真下策，勿藥得中醫。語出《漢書·藝文志》。瘴霧侵肌重，冰霜造物慈。入冬思合醵，爲爾尚遲遲。《毛詩箋》：「入必共族中而居。」又：「有祭脯合醵之歡。」

隙光

隙光野馬去如馳，正是先生静坐時。病不求醫吾有命，老方學《易》世無師。回思少作雕蟲比，轉悔餘波綺麗爲。唤起景陽來入夢，擲將殘錦乞去聲。丘遲。

芝田長子字西山賢而有文游學京師一病不起旅櫬還家詩以當哭兼慰芝田

天心洵茫昧，家運關彼此。可憐兩長男，相繼俱客死。亡兒歸柩，去冬亦於十一月到家。倚閭冰霰後〔一〕，歸櫬風霜裏。割愛難以慈，奪情莫若理。明明聖賢教，五十不致毁。父母恩且然，矧乃施於子。吾本同痛者，勸君兼自慰。知其無奈何，安命而已矣。

〔一〕「後」，《原稿》作「候」。

冬課吟效擊壤體二首

其一

炳燭餘光已可知，假饒聞道敢云遲。故人問我三冬課，六十年前上學時。順治丙申，余七歲，方就傳。

其　二

畫前有《易》《易》如何，删後無《詩》詩倍多。更向誰邊討消息，水從冰後不生波。

棄　裘

禦冬年已久，毛禿僅皮存。等是犬羊鞟，永辭狐貉温。留之竟安用，棄爾似無恩。改作吾何望，茅檐去負暄。

長　至

天地有肅殺，微霜爲驅除。洎乎冰雪交，慘者旋以舒。來復子之半，始凝履之初。何須當既剥，然後觀盈虚。

望歲集起丁酉正月，盡九月。

三年來元日連遇風雪，歲事不登，生理日窘。朝來天色晴霽，農占其有秋乎？老圃望歲，殆同老農也。

元旦喜晴

一從朝請廢，冰雪博高眠。却展山中曆，重瞻霽後天。兒孫粗識字，兄弟繼歸田。此外非吾分，隨人望有年。

邑侯陳衡山壽十二韻〔一〕

海角桑麻邑，沙灣舄鹵田。極知吾土瘠，端賴令君賢。侯到纔期月，民勞已有年。上官頻按部，下户忍施鞭。利器無盤錯，長才展事權。緩征舒積困，雇役免齊編。酌劑心良苦，撟虔弊悉捐。政成單父速，名媲太丘傳。麗澤三春渥，仁風百里宣。初辰花照座，佳氣柳含煙。里老霞觴後，村童篠馬前。也應容野史，來奏《雅琴篇》。

〔一〕按，《原稿》「壽」後有「詩」字。

正月十八日偕德尹西阡看梅兼邀曾三芝田東洲諸弟同飲花下三首

其　一

西麓寒梅樹，年年二月開。今年開獨早，應爲兩人來。

其　二

已是四回看，憐渠閲歲寒。同時手栽者，松柏長偏難。

其　三

隨意致芳鄰，壺餐勝觥飯。尊前一校點，且喜人皆健。

及門樓敬思自粤西遠寄潯桂

隔年一信到何遲，寄我潯州菌桂皮。已向籠中儲上藥，只愁天下少良醫。情深遠荷門生致，性在終於野老宜。别與蘇家傳釀法，搗香篩辣味尤奇。

贈杖

倚賴支離叟，扶持拙病翁。長虞故步失〔一〕，不爲暮途窮。世乏三年艾，家無五尺童。用行吾與爾，形影略相同。

〔一〕「故」，《原稿》作「蹞」。

補屋海棠萎而復甦偕德尹芝田作用黄山谷體〔一〕

前年爛若雲錦堆，去年憔悴無花開，今年芳意莽復回。人情貪多似嫌少，却是花稀看愈好，閱汝盛衰成我老。白頭自白紅顔紅，花如有語解勸翁，夜闌莫放清尊空。

〔一〕「甦」，《原稿》作「吐」。

再次芝田韻一首

隔霧看花三老翁，未甘白髮負春工。一梢欲墮胭脂雪，幾朵猶含蓓蕾風。爛熳人情沉醉後，寂寥詩味卷帷中。相逢莫漫嗟遲暮，悟徹從知色是空。原詩有「相逢可惜已遲暮」之句，故結句云。

聞副相揆公正月初六訃音小詩寄哀四首

其 一

宫内稱才子，臺端倚重臣。得君時最早，歷試品尤真。嗜苦餘千卷，門閒少雜賓。不知經幾劫，還復有斯人。

其 二

卿月三臺墮，文星八座懸。望高虚相業，才大損天年。謝客終成佛，生平留心内典。王喬竟得仙。所傷江鮑體，無子孰流傳？

其 三

憶昨歸田後，情親分不移。爲憐吾已老，長恐見無期。急遞書頻達，因風報輒隨。半年遲作答，魂夢至今疑。

其 四

何當承遠訃，豈是誤傳聞。四海誰知己，餘生又哭君。有文披舊稾，無酒酹新墳。不朽將安託，從今硯擬焚。

牆角郁李花盛放

碎霞剪綺綴繁枝，陸魯望《郁李花賦》：「碎緗綺，剪明霞。」偏反阿儺自一時。春到軒庭無悴物，又收《常棣》入吾詩。

連朝風雨園庭海棠零落都盡而瓶中折枝娟然獨秀老夫欲不誇爲佛力其可得乎

兩株芳樹全摇落，泥汙臙脂亦可憐。值得拈華成一笑，風灾不到四禪天。

芥舟二首次祝尚于原韻

其一

蜃樓鮫屋總非真，愛爾虚舟遠俗塵。芥納須彌中有地，杯浮滄海四無鄰。琉璃貯篋團團鏡，綫毯鋪筵寸寸茵。容得兩三人坐否，故應魚鳥自相親。

其　二

水滿坳堂柳拂梢，不須結宇用香茅。觸蠻有國爭蝸角，燕雀何心占鷺巢。茶竈筆床人共遠，蔣牙菰葉影相交。未能便作浮家去，倘許門從月下敲。

三月三日雨中潘竹村祝尚于周楚和三老人偕赴德尹之招翁源姪不至席上口占寄嘲

又是重三祓禊期，招尋也復逐羣嬉。地偏俗儉人多壽，歲美風和雨應時。木芍藥花開正好，野酴醿酒醉何辭。竹林一阮真疎放，不豫吾流太好奇。

重宿寒中書齋

桐又將花柳又綿，山齋一榻故依然。曾偕老友成三宿，却話前遊過十年。白髮昏昏中酒味，青燈黯黯讀書緣。只憂海近沙頹岸，夜半潮聲撼客眠。丙戌秋，與竹垞連榻齋中，能無存歿之感？

制府滿凫山同年奉詔巡海道經吾里詩以迎之四首

其　一

十年翠蓋不南巡，千里巖疆寄重臣。看取隨身三五騎，肯教供億累州民。

其　二

水溢山陬被澤深，兩邦旌節喜重臨。每逢田叟停車語，徧示君王愛養心。

其　三

畚鍤千家傍海壖，崩沙日費水衡錢。福星昨夜臨吴分，斥鹵重開負郭田。

其　四

雲帆星島駛經過，海外風恬可有波。一事尚煩公入告，兩關歲課本無多。

春盡日雨中招諸兄弟爲櫻筍會

老去邀歡要及時，肯緣泥濘阻前期。舊年風雨正如此，今日陰晴昨豈知。入饌朱櫻貪摘蚤，翻堦紅藥笑開遲。兄酬弟勸更番事，但到尊前醉勿疑。

德尹於得樹樓後築屋三楹既成以詩落之

五架三間屋，千竿萬个園。竹深堪障日，樹老莫傷根。北牖斜穿沼，南榮短界垣。景難兼奧曠，意在適凉温。粗遣規模具，翻嫌布置繁。移書驅壁蠹，品石斥湖黿。鷄栅寬螻螘，牛宫祝子孫。誰爲張老頌，聊托仲長言。謝康樂《山居賦》：「仲長願言，流水高山。」幸爾留閒地，容余補壞樊。一菴何日就，笑指畫圖存。

偶過鴛湖

村北村南緑滿陂，溪山百里放船宜。鳩鳴甚熟蠶三起，燕掠風梢麥兩岐。乍煖故知非雨候，薄遊何必定花時。兩湖地主今誰在，每到徒增感舊詩。

與靈上人餉龍井雨前茶二首

其一

風篁十里郎當嶺，官焙争收粟粒芽。慙愧老僧親手摘，青紗蠟紙餉山家。

其　二

今年穀雨雨廉纖，茶味全勝笋蕨甜。正自不嫌山少肉，肉山無此好毛尖。

老友鄭寒村歿後五年其子義門攜愛蓮畫像過余屬題得二絶句

其　一

自脱朝衫換幅巾，祇應營道想前身。儵然出處行藏外，誰識完人是半人？寒村晚年病風，能以左手作書畫，自號半人。

其　二

更有何人識雅懷，一琴横膝對花開。多慙後死黄山谷，曾見光風霽月來。

梅　雨

半月濛濛雨，千畦釋釋耕。麥租雖未入，米價漸將平。屋老礎長潤，庭虚苔任生。吾脾方畏溼，却立候新晴。

德尹第四子滿月詩當祝辭

多男孰云累，晚境人尤羨。薛鳳乃踰三，荀龍剛得半。家門增喜氣，當暑清風扇。膩髮搓成團，貫之五色線。耽耽垂大耳，皎皎開方面。出《左傳》注。騰上所未知，豐下已可見。我來拊汝頂〔一〕，爲汝祝初旦。一祝兒長成，再祝爺强健。三祝好弟兄，他年相友善。

〔一〕按，《原稿》此句作「老夫莞爾笑」。

秋灾行

西流之火方蟲蟲，兼旬不雨亦不風。先庚後庚凡五伏，秋暑酷於六月中。河流旱乾田拆罅，誰遣天吴來潤下。淡塘灌注味作鹹，仍恐良苗變枯稼。天乎降割此一方，相怨勿謂民無良。神痁鬼瘧何處避，且死那復論流亡。老夫本病在腰腹，不受淫邪外來觸。只餘雙耳未全聾，忍聽村鄰百家哭。

盆中草花二種已含蕊矣朝來忽萎

霜後冬收子，春來雨發芽。關心經夏旱，滿眼望秋花。忍負栽培力，徒勞灌溉加。童烏苗不秀，能免子雲嗟。

中秋夜與德尹對酌

今夕是何夕，弟兄俱在家。狂吞杯底月，笑指霧中花。老子興不淺，達人生有涯。底須愁後夜，圓影蝕蝦蟆[一]。

〔一〕按，《原稿》有小注：「十七夜望月當蝕。」

十六夜復與德尹小飲弟有詩次其韻

既望猶未望，今年異往年。連宵雖博醉，老景劇相憐。但有兒摇膝，何須客滿筵。好詩能賽月，脱口自清圓。

秋　花

雨後秋花到眼明，閒中扶杖繞階行。畫工那識天然趣，傅粉調朱事寫生。

五雜組九首

其一

五雜組，玄黄帛。往復還，牛馬跡。不得已，主避客。

其二

五雜組，新嫁孃。往復還，遊冶郎。不得已，時世粧。

其三

五雜組，雙鸂鶒。往復還，兩蛺蝶。不得已，君棄妾。

其四

五雜組，刺繡手。往復還，貝錦口。不得已，掩耳走。

其五

五雜組，氍毹毹。往復還，井轆轤。不得已，歸來乎。

其　六

五雜組，羅浮雀。往復還，華表鶴。不得已，生處樂。

其　七

五雜組，青紫楦。往復還，新舊券。不得已，《錢神論》。

其　八

五雜組，蝶戀花。往復還，蜂趁衙。不得已，東西家。

其　九

五雜組，采染綃。往復還，燕覓巢。不得已，思故交。

古詩四章

其　一

天荒地亦老，變化蕃草木。自從開闢來，悦人以紅緑。有榮斯有瘁，坐覺流轉速。傳語好風光，寧能銜無目。

其二

衆蚍國大槐，擾擾成侯王。莊周化蝴蝶，與物亦未忘。至人豈無夢，夢則超形相。蟲螘所不争，是曰華胥鄉。

其三

域内有名山，攀躋力可至。人皆造其麓，抑或半嶺廢。歸來述所見，彼此不相似。等是未登峰，毋爲笑平地。

其四

徒歌易成謡，獨唱難爲喁。我琴誰我瑟，我鼓誰我鐘。知音苟弗存，奚取覿面逢。遥遥千載下，或有牙與鍾。

敬業堂詩集卷四十七

粵游集上起丁酉十月，盡十二月。

丁酉夏，同年有自都下來者，傳佟陶菴中丞意，遲余作粵東之遊〔一〕。背秋涉冬，畏寒擬不出矣。余弟查浦曾三至其地，間語余曰：「嶺南無霜雪，且兄生平游蹤所未到，盍一往焉。」遂於十月初俶裝，明年四月，由粵西旋里，往反幾二百日。檢點道中詩，約如其數，分上下兩卷，録存之。

〔一〕「遲」，《原稿》作「勸」。

將有嶺南之行雨中過龔蘅圃侍御田居話别

小别倏三載，相望渺參辰。舊交半在亡，邂逅得兩人。喜汝罷官後，田居傍城闉。我來叩門入，迨此風雨晨。問我將奚之？有懷難具陳。白頭萬里役，正坐不耐貧。頹年知幾何，復爾聚散頻。篋中有佳句，在遠情彌親。時侍御以《田居詩藁》屬余作序。

早發富陽喜晴

午辭樟亭驛，夕抵富陽宿。霜日曉初晴，烟江寒更緑。鷄鳴茅宇近，鴈下潮田熟。萬株楓柏林，散作錦繡谷。平生山水興，臨老猶未足。聊復紀初程，清吟待兹續。

桐廬

山偪不可城，千家聚成邑。民居半商賈，仰取俯有拾。斬櫟起炭烟，割林收漆汁。托身覆載内，生理隨分給。壯年不早計，暮齒行已及。莫怪杜陵翁，茫茫百憂集。

楨兒作釣臺詩未識嚴先生不受官之故徒以高隱目之作一首以廣其意

武宣馭下如束溼，課職東京亦孔棘。語見《後漢書·二十八將傳論》。一官直欲臣故人，此意先生應早識。逃名事偶同高尚，避辱心孤轉深匿。羊裘一領却累渠，苦被旁求相物色。伏波謗生薏苡珠，侯霸得罪由司徒。客星非將亦非相，吏議可得加狂奴？君不見璜谿老叟不自重，出應于畋後車夢。萬古江湖兩釣竿〔一〕，潛龍勿用鷹揚用。

〔一〕「兩」，《原稿》作「一」。

三衢道中口號四首

其　一

水落灘尤窄，輕舟一葦容。機心與機事，那免怨機春。

其　二

沙際集飢鷺，修翎冷自梳。孟嘗門下客，大半食無魚。

其　三

兩岸丹黄色，千家橘柚林。勿嗤奴價賤，顆顆鑄成金。

其　四

明日川程盡，聊爲半日停，多煩賢太守，爲我致輿丁。謂靳培之太守。

早發常山大霧

苦霧忽吞天，去城不數武。如行襄城野，七聖迷處所。初旭漸漸高，寒光翳復吐。窅然墜醉夢，既覺乃停午。前瞻懷玉峰，峰峰垂白縷。西江行在望，未濟恐多沮。

舟發玉山

高灘稠竹節，尺水浮瓜皮。前經彈子渦，膠淺時有之。路長景苦短，坐送西南馳。却憶前年歸，正當暴漲時。一程破三日，上水宜遲遲。不謂下水船，艱難亦如斯。人生順逆境，閱世老更悲。

重過貴溪與同年王辰幟明府

我昨停舟爾下車，三年重到勝當初。冬來天氣晴尤美，畫裏江山錦弗如。官況不離文字外，時分校鄉闈，頗稱得士。風謡閒續笑談餘。象山亦是先賢蹟，好並鵝湖入志書。鉛山施明府重修鵝湖書院，屬余編輯志書。貴溪管内舊有象山書院，故及之。

龍津阻雪

地少雲多處，風饕雪虐時。客程當歲晏，天意警年衰。輕出自成悔，遄歸更勿疑。平生多類此，既往可勝追。

雪後渡彭蠡

雪山四望開，彭蠡豬其中。天光落東北，寒氣青濛濛。獨往矯孤鶩，羣飛駕高鴻。沙明洲漵出，葉潰枝顛空。此行向南州，聊慰離别悰。三年女憶父，千里兒隨翁。生涯豈無涯，作計誠匆匆。寄謝宫亭神，歸帆幸分風。遠遊興欲盡，一笑非途窮。

南昌遇袁州太守葛賓廬二首

其一

懷抱因君又一開，人間洵有出羣才。勿輕僻左宜春郡，曾屈昌黎作守來。

其二

南浦維舟不記巡，眼前冠蓋一時新。也知諸葛真名士，來與貧交作主人。

南昌旅次答吉水令湯納時表弟見懷之作四首

其　一

與君稱中表，同是庚寅生。以我半年長，白頭忝爲兄。堨來寂寞遊，奈此離索情。相望四百里，一水空盈盈。

其　二

隨身乏長物，投贈殊戔戔。子貧乃過我，報以雲藍牋。唫成十四章，字字珠琲圓。稍增行笈重，笑擲看囊錢。

其　三

世降士不情，矯廉競稱高。萬鍾避蓋禄，半李分蠐螬。達者殊不然，寓形隨所遭。時無謝仁祖，菜把恩亦叨。

其　四

同里兩湯生，一登青雲梯。謂西厓少宰。一滯百僚底，長恐簿領迷。烹魚溉釜鬵，好音良可懷。逝將掃吾軌，歲晚期汝偕。

雨中早發南昌留別李壻暘谷

把酒對西山，開船湖南浦。數聲城上㯳，幾點沙頭雨。依回骨月恩，戚若去吾土。老人情懷惡，含語不得吐。官罷有孤蹤，路難無定主。勿愁魚化鐵，且作鴻遵渚。朗咏白絲行，行行忍羈旅。

豐城縣北十里磯頭山上有曲江祠朱文公往還湖南時與李後湖姚雪山遊此後人因奉栗主以祀三賢詳見李峌峒祠記中今以韋武陽易後湖者訛也

贛江西南來，夭矯北走龍。到此乃東折，磯頭扼其衝。是名曰曲江，形勢險且雄。扁舟清夜詠，倡自紫陽翁。同時李與姚，杖履偕遊從。三賢列祀典，蔚爲名教宗。世俗不好古，變置靡所衷。作詩糾繆誤，兼以警盲聾。

樟樹鎮舊名清江鎮。

瀟灘流下櫂歌聲，一曲清江見底清。老樹不知生意盡，尚憑古社占村名。

泥溪口枕上聞雁

陽鳥踰彭蠡，飄飄尚南飛。晨光若前導，羣起泥江湄。數聲枕上過，傾耳漸入微。彼非我同羣，安得相追隨。我帆十二幅，取用常半之。何以不用全，波濤怕欹危。下有無底竇，旁有不測磯。身乏雙羽翰，争先復奚爲？汝往太急急，吾行故遲遲。兹遊到嶺南，諒亦難久羈。歸時倘見待，入春以爲期。

峽江縣

舊日周瑜埭，今爲小縣城。踞高因峽勢，隨地改江名。潦縮漁添户，時清戍減兵。大都從此去，彷彿蜀中行。

雨中望玉笥山

水遠山平四百里，兩崖斗拔滄江起。舟人遥指三三峰，《名山記》：「玉笥有三十三峰。」亂插芙蓉雨新洗。仙家縹緲住仙壇，不道人間路大難。請看玉笥山南路，漸近西江十八灘。

過桐江口不及訪同年李培園侍御以詩代柬

念昨别京華，君方入臺端。操持紀綱地，正色不可干。如何神武門，亦挂惠文冠。早知世路隘，不及山中寬。自聞返谷村，松竹爲改觀。築亭名補過，於義恐未安。古來賢達流，要視進退間。我欲賦《碩人》，爲君歌《考槃》。勗哉承世澤，名節初終完。

螺山文丞相祠

千古興亡恨，忠臣末運多。死難扶少帝，生不愧巍科。慷慨憂時策，峥嶸《正氣歌》。黄冠故鄉意，廟貌在山阿。

青原净居寺七祖道場

錫泉一派接雷泉，味是曹溪六祖禪。欲識廬陵米貴賤，憑師問取下江船。

白沙渡

兩岸沙痕疑雪，一村竹氣如煙。風竿獵獵酒旆，雨笠遥遥渡船。

泰和城外望快閣

西昌漢古邑，地勢實開拓。鏡光十里平，倒影見城郭。浮圖南北峙，雙秀拱一閣。緬彼白下宰，流風宛如昨。官清無俗情，景勝擅傑作。冰絃絶已久，人境兩寂莫。除却謝玄暉，澄江何處著。「澄江一道月分明」，山谷《登快閣》詩中句也。世以比玄暉「澄江凈如練」云。

十八灘絶句并序

按《志》，自贛縣至萬安，中有三百灘。孟襄陽所謂「贛石三百里」是也。然《陳書》云：「贛水本二十四灘，武帝發虔州，水暴漲，高數丈，三百里巨石皆没，止存十八灘耳。」世稱十八灘者，當本此。明嘉靖朝，湛甘泉自南司馬告歸，過此，作《十八歎》，今得詩，亦如之。各取灘名中一字爲韻，非云相襲，亦勞者自言其情而已。

習坎險在前，何人不惶恐。到此退已難，應思急流勇。

右惶恐灘

巨石浮牛背，亭亭鷺足翹。入鷗羣不亂，愛汝好風標。

右標神灘

連日遇石郵，溯洄良苦辛。滔滔天下是，不問久知津。

右綿津灘

舟人買紙錢，例拜灘頭廟。來朝風順逆，今夕誰能料？

右大料灘

後灘接前灘，川脉互縈繞。人間爪牙毒，爲害長在小。

右小料灘

問言洵有神，受命若酬酢。借取方便風，泥行免郭索。

右武索灘

侵曉上曉灘，我睡不覺曉。向來坐有心，憂患亦不少。

右曉灘

萬里黄河水，崑崙乃發源。贛江源漸近，應號小崑崙。

右崑崙灘

虔吉此分疆，灘聲一倍長。人家盡柴步，墟落半漁梁。

右梁灘

雪少偏多雨，朝昏水氣腥。青洲洲畔草，臘月已青青。

右青洲灘

礓礫相摩盪，驚濤盡日喧。直同雷奮地，不獨雨翻盆。

右銅盆灘

大波深爲淵，小波淺成瀨。安得并州刀，剪此青羅帶。

右落瀨灘

長年生狎水，豈有不龜藥。幸自少層冰，可憐多赤脚。

右狗脚灘

莊生工寓言，率以小况大。必若魏王壺，人間能幾箇？

右大壺灘

失勢落江湖，中流賴一壺。千金奚翅直，人有不貲軀。

右小壺灘

劍戟礪鋒鋩，森森兩旁吐。狂瀾障不得，爲欠中流柱。

右天柱灘

石欲截江斷，江流奮怒前。來如弓挽强。去若箭釋弦。

右横弦灘

用盡灘師力，今朝過鱉灘。我無牛酒犒，愧爾報平安。

右鼈灘

自贛州换船至南安

八境圖中路，西來五换船。鄉心同北望，客况異南遷。東坡南遷時，作《虔州八境圖》詩。秀嶺標雙塔，清流穩一川。好風三百里，計日指蠻天。

過南安傷陳六謙太守

太息南安守，居官僅二年。如何千丈氣，竟掩九重泉。宦業孤孫盡，書名一郡傳。經過少交舊，回首極凄然。

與大庾令李阜如同年

同年四開府，百里獨棲鸞。邑是衝煩邑，官仍本分官。李舊宰新城。別來顔各换，此去歲將闌。珍重留行意，猶餘舊眼看。

度梅嶺題雲封寺壁

閲盡波濤險阻途，頓教磽确失崎嶇。梅花篋裏三關戍，錫杖泉邊六祖盂。過客儘貪風日好，居僧曾遇雪霜無。他生行脚緣猶在，又入《騎驢度嶺圖》。

衣鉢亭

夜半傳來消息真，本無明鏡自無塵。問渠衣鉢留何用，猶有焚衣毁鉢人。明魏莊渠事。

發南雄凌江方涸舟行一日纔十許里排悶成歌

凌江歸壑當深冬，城隅纔可溝洫通。麤砂細石單槽中，直與船背相磨礱。船頭纖纖船尾大，舵師束手輸篙工。篙工作力如羆熊，腰身寸寸彎彊弓。蝨行褌縫蟻旋封，跛羊登山鷁遇風。人間癡鈍有若此，歲聿云暮愁衰翁。愁衰翁，翁行作歌歌未終。羊城尚隔千里外，一夜夢逐南征蓬。

偶閱楊誠齋南海集途中多賦桃花且有梅花應恨我來遲之句余度嶺正值梅放時戲效其體作一絶

我來時候異誠齋，不見桃花只見梅。博得口占詩一句，千枝齊向臘前開。

晚過始興江口再效誠齋體二首

其一

始興江口水平川，從此通流到海邊。我是漁船釣竿手，又攜簑笠上樓船。昨喚吉安漁船至贛，今所坐乃廣州樓船。按，樓船之名見《漢書》，今仍此名，不必皆官舫也。

其二

一重山轉一重灣，不出孤帆向背間。行過前灣試東望，夕陽多在隔溪山。

冬暖

榕葉交陰筍出窠，南中冬律似春和。敝裘韝在猶嫌厚，老研冰消可待呵？蚊到宵來飛不少，蠅於秋後集還多。所嗟無補桑榆暖，奈此霜髯雪鬢何？

望韶石二首

其一

西瞻蒼梧雲，北望洞庭野。浮光表夏闕，古樂傳奏雅。聖主不南巡，羣峰赤如赬。魚龍久寂莫，孰是聞《韶》者。

其　二

好風自南來，吹彼松竹林。鏗然中音會，中有太古心。典樂者誰歟？《簫韶》此遺音。虞廷去我遠，俯仰成古今。

韶州風度樓

公進《千秋録》，開元極盛時。如幾同列少，去國一身遲。終始全臣節，安危動主思。高樓瞻畫像，風度儼須眉。

雨發韶州

蒲帆十幅去不停，波光瑟瑟烟冥冥。芙容驛南一回首，三十六峰雲外青。

虎頭磯歌在太平關南十五里。

亂山少肉谿乏泉，渴虎下飲清泠川。飢蛟掉尾不得取，化而爲石形模全。白章黄質毛斑斑，四蹏陷沙行不前。尻脽起伏脊蜿蜒，當頭一眼射的圓。北平將軍身未到，没石飲羽誰所穿。眈眈下視流饞涎，坐踞要津凡幾年。國家封域拓海壖，山珍水錯來無邊。賈胡萬里逐貿遷，到此躑躅羸豕然。畏虎欲避無由緣，我思走章牋碧天。霹靂暫借雷公鞭，仍驅爾輩入山去，毋令爲害于商船。

十二月廿一日雪

我作冬暖詩，蚊蠅憎瑣屑。天公似解嘲，半夜風挾雪。舟人報奇事，起掃一篷白。客子亦欣然，千岑無寸碧。梅花落已盡，春事蚤狼籍。長恐百卉腓，陽機畢漏泄。却將栗烈氣，擎斂使凝結。乃知朝來寒，特爲桃李設。豈無雷雨候，候至方甲拆。留取道旁春，明年作佳節。

彈子磯阻風

曲江入海流，一縷縈驚蛇。中逢彈子梗，格鬭逞角牙。狂飆鼓狂瀾，噴石作雪花。艑郎好身手，過此不敢誇。筮《易》遇涉川，利用需于沙。南遊本無事，汲汲奚爲耶？但使躁心平，何憂前路賒。止時吾泊宅，行處吾浮家。

觀音巖

石縫何年裂，中央架小龕。老僧如燕子，乞食語呢喃。

英德道中雪霽

輕冰結沮洳，飛霰集阜岡。榑桑東南枝，炯炯呈初陽。地暖劇流濕，天空淡浮光。英山碧差差，英江緑泱泱。不知夜來雪，疑是朝來霜。

英山二首

其一

曾從畫法見礬頭，董巨餘蹤此地留。漸入西南如噉蔗，英州山又勝韶州。

其二

一拳一角總峰巒，可惜天教落百蠻。好事吴兒渾未識，買園只鑿石公山。

舟中即目

屋角菜花黄映籬，橋邊柳色緑揺絲。分明寒食江南路，賸欠桃花三兩枝。

順風挂帆連下湞陽香爐清遠三峽

巴東三月昔聽愁，嶠南三峽今則不。北風晨發浛浦縣，英德舊名浛浦。吹我桂檝沙棠舟。峽中之山阻且修，峽中之水平不流。湞陽畫屏地底拔，大廟紫煙天際浮。就中清遠更秀出，造化有意窮雕鎪。青菡萏花萼競吐，緑玻瓈鏡奩初收。華陽道冠簪碧玉，竺國寶髻垂珠旒。仙人笙鶴雲渺渺，帝子環珮風颼颼。漸行漸遠似相送，一重一掩如相留。片帆飛渡二百里，又見孤塔迎船頭。天憐此老太岑寂，貺以奇景須詩酬。人間夷險非境造，自我發興成清幽。君不見東坡先生海南句，平生奇絶誇兹遊。

清遠峽飛來寺

兩崖勢欲合，中被江流穿。上有佛者廬，飛來自龍眠。梁普通中事，詳載寺記中。神人所施設，是物無頑堅。想當㧞闢初，風雨驅神鞭。鑿開渾沌竅，巧貯聰明泉。僧房若蜂房，一一皆倒懸。爾來幾閲世，不計草木年。磐石具生機，長根外包纏。波濤潤其趾，日月行其顛。散爲松柏香，聚作栴檀烟。蔽虧東西景，軒豁子午天。呼猨洞名。在半空，日暮躋無緣。清寒難久住，仍放出峽船。

胥口村

玉鏡臺何處，江形就海低。地有玉鏡臺，相傳安期故蹟。地平山斷續，潮滿岸東西。生理漁樵足，人家竹樹齊。天涯各風俗，孤客自凄迷。

白塔岡浮石

萬古江心石，回江使倒流。潮頭争出没，山骨判沉浮。按志，白塔岡在三水縣東南，臨水，水中有石，浮沉各一。鵁鶄寒來集，黿鼉夜出游。漁翁牽小網，故故傍沙頭。

沙口待潮

艇子膠沙觜，坳堂等置杯。何須愁日暮，會有夜潮來。

初至廣州與大中丞佟陶菴同年話舊六首

其　一

五年一別隔蓬萊，芳訊遥傳庾嶺梅。天上故人開府出，田間野老輟畊來。山高海闊梯航路，武達文通將相才。竊喜小詩言果驗，濟時餘力正恢恢。余出都時《留別》詩云：「君才畢竟爲時用。」故落句及之。

其　二

雙闕浮光氣象新，「雙闕浮光照短亭」，東坡《題盡善亭》句也。天教八座代南巡。誰能地望兼門望，君本親臣又世臣。行處風霜成化雨，坐看冰雪變陽春。眼前衮衮皆時彦，可有同心共事人。

其　三

端倪軒豁得奇觀，浴日亭邊眼界寬。兩袖有風驅瘴癘，百蠻無警静波瀾。封疆自昔雄兹土，科目人今重此官。見説密章時入奏，葵心何處不輸丹。

其　四

恩深自覺心逾小，才大何妨氣獨豪。節鉞威名行地遠，文章壇坫比官高。中郎題字推黄絹，太白分光屬彩毫。莫笑將貽無俗物，一條冰是舊同曹。時以耿絹、湖筆奉贈。

其五

詞人例作嶺南遊，自嘆蹉跎到白頭。浪跡又看成萬里，著書何敢望千秋。誰爲善相肥嫌瘦，世有知音唱或酬。輸爾滕王高閣句，一時唫徧十三州。中丞過南昌，有「試上滕王高閣望，章江門外有清流」之句，爲西江傳誦。

其六

敢將孤鶴齒羣鴻，性癖終難與俗同。天下迂儒猶賸我，平生知己孰逾公。曾陪供奉雲霄上，每憶交親氣槩中。今日相逢重戴笠，下車還見古人風。

寓居仙湖街庭桂盛放

客居澹無事，庭下獨徘徊。忽有微風度，香從何處來。家童走相報，檐角桂花開。想到窻軒外，此時方試梅。

除夕

去國八十日，計程逾六千。長虞行不到，到此及殘年。無復聞銅臭，此間不用錢，故戲反山谷語。

惟應烹海鮮。蛤蜊與竘醬，隨分佐杯筵。

謝中丞餉節物

節物煩分餉，殷殷地主情。雖云施不報，肯使受無名。匕筯沾皆足，庖厨愧已盈。似憐藜莧腹，曾飽大官羹。向在内廷，歲除例賜羊、鹿、雉、兔、魚、酒。